胸さわぎのフォトグラフ

Story by SHINOBU MIZUSHIMA
水島 忍
Illustration by TSUBASA MYOHJIN
明神 翼

カバー・本文イラスト　明神　翼

CONTENTS

胸さわぎのフォトグラフ

甘い吐息《といき》が聞こえる。

時々、喘《あえ》ぎ声まで聞こえたりして。

これって、俺——澤田《さわだ》一秀《かずひで》の声、なんだろうな。

自分でもこんな声を出してるなんて、信じられない。しかも、ベッドの上で。

俺は今、恋人である西尾《にしお》冬貴《ふゆき》のマンションに来ていた。恋人であるからにはエッチもするわけで、俺が喘ぐのもおかしくはない。

いや、ないって言い切っていいのかどうか。俺は男なんだし、やっぱり自分が喘ぐよりは、喘がせるほうが本当なんじゃないかと思ったり。だけど、実際、こうして冬貴と会ってると、自然と喘がされるほうになってしまうんだ。

冬貴は二十三歳。トップモデル兼モデルクラブのオーナーだ。そして、長身でバランスの取れた身体つき、それから流れるような長い金髪を持つ美貌《びぼう》の男だった。

それから、とても優しくて……穏やかで滅多《めった》にキレることはない性格をしている。すごく大人だなあと、いつも思う。少なくとも、高校三年の俺にはそんなふうに見えた。

そんな冬貴と偶然に出会ったのは、今から四ヵ月ほど前のことだ。

その頃、俺は天堂《てんどう》高校の生徒会副会長を務めていた。もちろん、副会長だからって、社会人である冬貴には何の関係もない。俺は冴《さ》えない一介《いっかい》の高校生で、学校ではちょっと成績のいい部類にいるという程度の、何の取《と》り柄《え》もない奴だ。

そんな俺がこんな端整《たんせい》な顔をした冬貴と付き合ってることが、今でも信じられない。しかも、こうして会う度《たび》にこんなふうにベッドで熱く抱き合ってるなんて……。

「カズ……」

冬貴は甘くソフトな声で俺を呼び、唇にキスをした。

出会ったときから一体何度キスしたことか。いい加減《かげん》、飽《あ》きてもいい頃じゃないかと思うくらいだけど、不思議に飽きない。それどころか、俺は冬貴にキスされる度に、それだけでうっとりとしてしまうんだ。

それほど、俺が冬貴のことを好きだってことだよな、きっと。

だけど、こんなに俺が好きでいることを冬貴はきっと知らないと思う。だって、口では言い表せないんだ。冬貴はよく俺にたくさん『好きだ』って言ってくれるが、俺にはとてもそんなふうに素直に言えない。

伝えたい気持ちはあるものの、気恥ずかしくて言えないんだ。

冬貴はこんなに綺麗《きれい》で格好よくて、人気のあるモデルで、そして立派な大人で……俺とちっとも釣り合わないって思うから。

いつまで冬貴は俺を好きでいてくれるだろう。そんなことを思っても仕方ないのは判ってる。判ってるけど、どうしても考えずにはいられない。

「大好きだ……カズ。心の底から君が好きだよ」

冬貴はそんなふうに言ってくれるのに。

「お、俺も……」

おずおずとそう言って、俺は冬貴の首に腕を絡《から》める。

こんな表現しかできなくてごめん、冬貴。本当は口に出す何倍も何十倍も何百倍だって好きなのに、そんな言葉はなかなか出てきてくれない。

それでも、冬貴は満足そうに俺の目の前で蕩《とろ》けるような笑みを見せた。

そして、俺の前髪をいとおしそうにかき上げる。

「君のこういう顔は誰にも見せたくないな」

「こういう顔って……？」

俺は冬貴の言うことが判らなくて訊き返した。

「カズは自分で判らないかもしれないけど、今、すごく色っぽい顔をしてる」

「俺が……色っぽい顔……？」

そんな顔、本当にしてるんだろうか。信じられない。そんなの、冬貴が勝手にそう思ってるだけじゃないかな。

「俺は色っぽくなんかないよ。それを言うなら、冬貴のほうがよっぽど色っぽい」

「そうかな。鏡でも見て確かめてみる？」

冬貴が俺から離れていきそうになったから、俺は引き戻した。

「そんなのいいから……」

俺は我慢できないんだから。

冬貴はにっこり微笑んで、俺の勃《た》ち上がってる部分にズボンの上からそっと触れた。

「ごめんね。すぐ気持ちよくしてあげるよ」

そう言うと、冬貴はジッパーを下ろし、俺のそこに直《じか》に触れる。俺は快感に身を任《まか》せながら、喘ぎ声を洩らした。

我ながら、相変わらず反応がいいと思う。こんな俺、恥ずかしいけど、冬貴にだけはすべて晒《さら》してもいい。いや、冬貴にだから、晒せるんだ。

俺はすでにシャツのボタンを外され、胸をはだけさせられていた。冬貴の髪がさらりと俺の上を移動していったかと思うと、胸の突起を唇で捕らえられる。

「あっ……」

そこにキスをされながら、手で大事なところを刺激されたら、たちまちイッてしまいそうになる。

しかし、俺がイキそうになると、冬貴は手を止めた。

「駄目《だめ》だよ、カズ。まだだからね」

冬貴の言いたいことは判ってる。時間はまだあるんだから、楽しもうと言ってるんだ。

確かに、そんなに早くイッてしまうより、ギリギリまで我慢《がまん》したほうがいい。それは判っているが、冬貴といると、そんなことはどうでもよくなってくる。

ただ、冬貴とこうしてるだけで、俺は幸福な気分になれるんだから。

「俺、もう……」

冬貴にそう訴《うった》えかける。

「もう我慢できそうにない？」

そう訊かれて、俺は頷《うなず》いた。

最後まで言わなくても、冬貴は俺の言いたいことを判ってくれる。時々、冬貴に甘えすぎなんじゃないかと思うときもあったが、そういうことをあまり口にしたくなかった。

ただでさえ、俺は冬貴に組み敷かれて女役なんかやってるんだから、これ以上、恥ずかしい目にあわせないでくれ……なんて、都合のいいことを考えたりして。

冬貴は俺のズボンと下着を脱がせてしまう。そして、ついでのように、俺の太腿《ふともも》にキスをした。

俺の身体がビクッと震える。それを冬貴は少し笑って、さらに太腿の上の大事な部分にキスをしようとした。

「そこじゃなくて……」

「え？　先にイキたいんじゃないんだ？」

そう尋ねられて、俺は頬《ほお》が熱くなるのを感じた。

「冬貴と……一緒がいい」

ますます頬が熱くなってくるようだ。そんな恥ずかしいことを自分が言ってるなんて、信じられない。だが、俺は自分だけ気持ちよくなるのは嫌だったんだ。

冬貴と対等でいたい。いや、対等でないことはよく判ってるから、できるだけでいい。冬貴が俺に優しくしてくれるその万分の一くらいでも、俺は冬貴にお返しがしたかった。

「判った。一緒にイこう」

了解すると、俺の脚《あし》を広げた。そして、その奥にある部分を舐《な》め始めたんだ。

「あっ……あぁ…っ」

俺の身体が勝手に揺れていく。

本当は恥ずかしいから、そんなところを舐めてほしくない。潤滑油《じゅんかつゆ》みたいなのを使えば済む話だし、どうして冬貴がわざわざそんなことをするのか、俺にはよく判らなかった。

ひょっとして、俺が恥ずかしがってることを判っててやってるんじゃないかと邪推《じゃすい》するくらいだ。

いや、きっと、冬貴は俺との行為に愛情を持ってやってるんだってことを、俺に示したいんじゃないかな。ただの欲望ではない証拠に。

そんなこと……。

もう判ってるのに。

冬貴の長い指が俺の中へと侵入してくる。

身体の中の熱が一気に上昇したような気がした。

「あ……冬貴……っ」

「カズ……」

冬貴の甘い声が聞こえる。

太腿にキスされながら、俺は指一本で翻弄《はんろう》されていく。なんか情けないって気もするけど、そんなことに構う余裕すらなくなっていって……。

冬貴が指を抜いて、自分のものをそこに押し当てた。

ぐっと力を込められて、冬貴が俺の中に入ってくる。

「あ…ぁ…ん……」

声が一段と甲高くなってるみたいだ。だけど、今はこれが正直な気持ちなんだ。俺はこんな声を出すくらいに気持ちよくて、そして、それは冬貴のことがすごく好きだからだ。

何度、身体を重ねても、同じ気持ちになる。

俺は冬貴の背中に手を回した。

「冬貴っ……」

俺のこの気持ち、冬貴に伝わるだろうか。どうか伝わってほしい。口では上手く言えないから。

冬貴は俺の勃《た》ってる部分に触れる。そうすると、俺は前と後ろを同時に刺激されることになり、身体中が快感でいっぱいになった。

「あ……あっ……あっ」

俺はたまらなくなって、冬貴にすがりつく。冬貴はさらに俺を追い上げていった。

ぐっと身体全体に力が入り、ついに俺は冬貴の手の中で弾《はじ》けた。そして、続いて冬貴が俺の中に熱を放つ。

息を整える暇もなく、唇が塞《ふさ》がれる。お互いの鼓動《こどう》が溶《と》け合うくらいに強く抱きしめられ、俺は眩暈《めまい》がしそうだった。

冬貴が好きだ。

その想いで胸がはちきれそうになる。

「カズ……愛してる」

冬貴は俺を抱きしめたまま、そう囁《ささや》いた。


行為が終わっても、俺達はそのまましばらくベッドで抱き合ってキスしていた。だが、いつまでもそうしてるわけにもいかない。時間はたくさんあったはずなのに、気がついたらもう帰らなくてはならないんだ。

今日は満足するまで冬貴といられるはずだったのにな。

いつもそうだが、いくら冬貴と会っていても、心から満足することはない。どんなに時間があっても、別れるときには必ず物足りなく感じてしまう。

もっと一緒にいたい。もっとくっついていたい。もっと話していたい。もっと冬貴の体温を感じていたい。

自分でもあきれるくらいに、欲望にはキリがなかった。

ベッドサイドのテーブルに置いたメタルフレームの眼鏡《めがね》をかける。視界がクリアになって、自分が乱れた格好していているのに気づいて、赤面する。ベッドの中では冬貴に夢中になってるから、どんな格好でも気にならないが、我に返ると恥ずかしくなるんだ。

俺は慌《あわ》ててキングサイズのベッドの端に追いやられてる自分のズボンと下着を手に取った。

「カズ。そんなに慌てて身支度しなくても、誰も突然訪ねてきたりしないよ」

そう言う冬貴は大して脱いでもいないから、身支度が簡単なんだ。それに比べて俺の場合、下半身は脱がされていたし、シャツの前もはだけられていたから、裸みたいなもんだ。自分だけ裸だと思えば、慌てたくもなると思う。

冬貴は肩に流れる金髪を手で整《ととの》えると、俺の肩を引き寄せた。

「あ……冬貴」

俺は冬貴の胸に顔を埋《う》める形となる。香水のいい匂いが鼻をくすぐった。

「ごめん、カズ。君がそうやって、そそくさと服を着ようとするのを見たら、すごく淋《さび》しくなるんだ。僕とのこういう行為がひょっとしたらカズには負担《ふたん》なんじゃないかって」

そうか。冬貴はそんなふうに思っていたのか。

俺は冬貴の背中にそっと手を回して、軽く抱きしめた。

「そんなことない……。俺だけ裸同然なのが恥ずかしいだけだ」

「本当に？　僕とこうしてるのが嫌になったりしてない？」

「するわけない。俺は冬貴のこと……すごく」

冬貴を抱く手に力を込めた。

「好き……だから」

俺がやっとそう言うと、冬貴はホッとしたような声を出して、ちょっと笑う。

「よかった。君がなかなか好きだって言ってくれないから、なんだか不安になるんだ」

「ごめん……。でも、冬貴が不安になる必要なんかどこにもないよ」

そう。どっちかって言うと、不安になるのは俺のほうだ。俺が冬貴を嫌いになる確率より、その反対の確率のほうが絶対高いと思うからだ。

「そうかな。僕はカズの気持ちを信じていいのかな」

「当たり前だ！」

俺は冬貴の背中を軽く叩いた。

「ありがとう、カズ……」

冬貴は俺の顔を上げさせると、蕩けるようなキスをする。

俺、まだ裸なのに。

そろそろ帰る時間なのが判っていても、こんなキスをされれば、身体のほうもその気になってくるんだよ。いや、冬貴もそれが判ってて、キスをしてるんじゃないんだろうか。俺の背中を撫でているし。

唇が離れても、冬貴の掌《てのひら》が俺の素肌の上を動いていく。それだけで、もううっとりとしてしまう。俺はどうしようもなく冬貴のことが好きで、触れられるだけでも嬉しいんだ。

俺の吐息が熱くなる。

「冬貴っ……」

それを合図《あいず》にしたみたいに、冬貴は俺を再びベッドに横たえた。

冬貴と目が合う。

にっこりと微笑みかけられ、胸がドキンと高鳴った。

「ごめんね。帰る時間なのに」

「ちょっとだけなら……いい」

もちろん、ちょっとだけで済まないのは最初から判ってる。だけど、どうしても我慢《がまん》できない。

冬貴ともっと抱き合いたかった。

それは欲望なんかじゃなくて。

まぎれもなく愛情からだった。

冬貴は俺の眼鏡を取って、腕を伸ばして、ベッドサイドのテーブルにそっと置く。俺は冬貴のシャツを引っ張って言った。

「冬貴も……脱げばいいのに」

こんな服越しに抱き合ってたら、また不満が残る。冬貴の肌に全身で触れたい。もっと冬貴の温もりを心ゆくまで味わいたかった。

冬貴は服を脱ぎ捨てるようにして、俺に見事に整った肉体を晒す。

ああ、俺、冬貴が好きだ。好きで好きでたまらない。

それは、口にしたらきっと陳腐《ちんぷ》な言葉だと思う。だけど、俺はそんなふうにしか思えなかった。

本当に不思議だ。

俺がこんなに誰かを好きになることができたなんて。

いや、従兄弟《いとこ》の羽岡《はねおか》明良《あきら》以外の誰かを好きになれるなんて。

明良は小さいときから身体が弱かった。しかも、明良には母親がいなくて、俺の母親が近所に住んでいたこともあって、ずっと面倒見てきたんだ。だから、俺も兄みたいな気持ちで、明良を守るんだって、ずっと思っていた。それがいつからか愛情に変わっていって……。

俺の初恋は明良だったんだ。明良は俺よりずっと小さくて可愛くて、守ってあげたい存在だった。

なのに、明良は俺以外の奴を好きになってしまった。

明良にとっては、俺はただの兄代わりに過ぎなかった。そして、俺の母親と明良の父親が再婚したから、正式に兄になり、俺の初恋はそこで終わったんだ。

それから、しばらく経って、俺は冬貴と出会った。最初はただの偶然の出会いだった。

あれは梅雨《つゆ》時だった。雨の夜、信号無視して道路を渡ろうとした俺を、冬貴が愛車の真《ま》っ赤《か》なフェラーリで轢《ひ》きそうになったんだ。

だけど、冬貴は俺のことを前から知っていた。冬貴の弟である葉月《はづき》と俺は、同じ生徒会にいたから、そっちから俺のことを聞いていたんだな。

で、前々から興味を持っていた俺と知り合いになれたことを、冬貴は運命の出会いだと思ったらしい。気がついたら、俺は冬貴のペースにはまっていて……。

もう、すっかり好きになってしまっていた。

いろいろ行き違いがあって、喧嘩《けんか》別れしたこともあったけど、今は恋人同士ってことになっている。いや、冬貴のことを恋人なんて呼ぶのも、本当のことを言えば、俺はちょっと恐れ多いなんて思っている。

冬貴はトップモデルだ。本人はモデルクラブのオーナーだと言ってるが、そっちよりも、モデルとしての知名度のほうが高い。雑誌は元より、テレビ番組にもたまに出るし、ＣＭなんかでもよく見る。冬貴の顔もスタイルも何もかも完璧だから、女性ファンがすごく多いんだ。

そんな冬貴と俺が恋人同士だなんて……。

本当にそう言い切ってしまっていいいんだろうか。

俺はやっぱりそう思うよ。

冬貴が俺を好きだって言ってくれることも、不思議でならない。何度この耳で聞いたって、揶揄《からか》われてるんじゃないかと疑ってしまうくらいだ。

万が一、本気で言っていたとしても、それはただの気まぐれかもしれないし、いつ気が変わるか判らない。冬貴がそんないい加減な奴じゃないってことはよく判ってるが、それでも、いつ俺は冬貴の恋人じゃなくなってもおかしくないと思うんだ。

冬貴が不安を感じる以上に、俺はもっと不安なんだよ。

俺達、これからどうなるんだろうな……。

俺は冬貴の愛撫に翻弄されながら、やがて頭が快感でいっぱいになるまで、そんなことを繰り返し考えていた。


季節は秋になっていた。俺は生徒会も引退し、受験勉強にいそしむ毎日だった。といっても、時時、冬貴とデートしたりしていた。

十月になり、体育祭も終わり、今度は文化祭ということで、天堂高校も校内が妙に浮わついた雰《ふん》囲気《いき》になっていた。まあ、ここの生徒である自分が言うのもなんだが、天堂高校の生徒はお祭り好きなところがあった。

ノリがいいというのか、みんなで盛り上がることが好きみたいなんだ。あいにくと俺はそういうノリとは合わないし、みんなと一緒に騒ごうとも思わない。俺は俺で、マイペースに勉強を続けようと思っていた。

ところが。

そうはいかない事情というものができてしまったんだ。

生徒会を引退した俺は、二学期からクラス委員長を押しつけられていた。一応、天堂では成績がトップだから、ちょうどいいから雑用を任せても勉強には支障《ししょう》がないだろう、なんて、勝手に思われてしまったらしい。

そんなわけで、クラス委員長として、クラスの責任を持たなければならない。当然、文化祭におけるクラスの世話役も俺の手に……。いや、俺だけじゃなくて、クラスの文化祭委員と協力して、コトを進めることになったんだ。

ところが、そいつ自身が――松本洋平《まつもとようへい》ってやつなんだけど――クラスの誰よりもお祭り好きだった。お祭り好きだから、文化祭委員になったんだってことが、誰から見ても明らかなくらいだ。何しろ、クラスで何をやるか決めるときに、司会をしている自分が真っ先に手を挙《あ》げたんだ。

「みんなっ。オレにいいアイディアがあるぜ！」

一日の授業が全部終わって、文化祭のための話し合いが始まったかと思うと、いきなりこれだ。みんなの意見が出終わってから、普通は意見を言うもんじゃないか。しかも、自分で「いいアイディア」なんて言うか。

黒板に板書するために松本の横にいた俺は、思わず奴の得意そうな笑みをたたえた横顔を眺《なが》めてしまった。

松本はクラスの中でもお調子者で通っている。行き過ぎて、教師から叱《しか》られることも度々《たびたび》あったが、愛嬌《あいきょう》のよさでいつも切り抜けていた。

「おい、松本。おまえのいいアイディアを披露《ひろう》するのは、みんなの意見を聞いてからにしろ」

俺が横から忠告すると、松本はこっちを見て、ニカッと笑った。

こいつ、愛想だけはいいんだからな。

この無責任な笑顔に、どれだけの奴が騙《だま》されたかと思うと……。いや、そう思ったところで、俺と松本は友人でもなんでもないから関係ないわけなんだが。

「判った。じゃ、オレの意見を聞きたい人ーっ。手を挙げて！」

……俺の話、全然理解してないじゃないか。

そう突っ込みたかったが、なんだか疲れるからやめておいた。

何しろ、天堂の生徒はみんなノリがいいから、手を挙げてと言われると、訳も判らずみんながいっせいに手を挙げる。

「ほら。みんな聞きたいってさ」

松本が笑顔を俺に向ける。頭痛と眩暈《めまい》が一度に起きそうになったが、なんとか堪《こら》えた。

「……じゃあ、言えば？」

俺は投げやりな気分でそう言った。本当にいいアイディアかどうかは聞いてみれば判る。それに、松本は言いたくてたまらないらしかった。

「オレさ。バーテンダー喫茶ってのを考えたんだよ」

ニコニコしながら松本は言ったが、みんな、一瞬反応できないようだった。もちろん、俺もそうだ。喫茶は判るが、バーテンダー喫茶って、一体なんなんだよ。

「あのさ。うちの学校は男子高だから、女の子がたくさん来るじゃん。でさ、いい男がいたら声かけてきたりするよね？」

確かに。男ばっかりの学校の文化祭に来るのは、同年代では女ばっかりだ。まあ、たまに中学時代の友人とか、ＯＢとか来るが、比率的には女のほうが断然多い。

「オレ達だって、たまには女の子と仲良くしたいだろー？　なあ？」

松本はみんなの顔を見回した。最後に松本と目が合った奴は仕方なさそうに頷いていた。天堂では男同士で付き合うことがけっこう当たり前みたいにはなっていたが、やっぱり女のほうがいいと思っている奴も多いわけで、松本の言うことも判る。が、どうしてそれがバーテンダー喫茶につながるんだろう。

「だから、オレ達、女がポーッとなるような格好をすればいいんだよ。バーテンダーみたいな服装してさ、いらっしゃいませって言って飲み物運ぶわけ。もちろん酒はダメだけど」

なるほど。それでバーテンダー喫茶か。名前の由来《ゆらい》は判ったが、どうしてバーテンダーなんだろうな。他に女が好きそうな格好はないのか。と思ったものの、俺にはそんなもの考えつかなかった。

「いいよ。それ、やろうぜ！」

お調子者に釣られやすい奴がすぐに賛同する。そうすると、例によってノリのいい連中が次々に賛成していって、それ一色になっていくんだ。

「じゃ、そういうことで……」

早くも松本は自分の案に決めようとしていた。

「ちょっと待て。他に意見はないのか？」

俺は慌ててみんなに訊いてみたが、バーテンダーに賛成する奴ばかりだった。

このノリのよさはホントにいいのか悪いのか、時々判らなくなってくるよ。

「委員長はなんかアイディアある？」

一応、松本は俺にも訊いてくれた。

「いや……。みんなが松本の案でいいと言うなら、俺は別に……」

そもそも俺は文化祭で盛り上がろうという気はない。ただ、それなりに滞《とどこお》りなく済めばいいと思うだけでさ。

「じゃ、バーテンダー喫茶に決まりだねっ」

松本は満足そうに言うと、話し合いは終わってしまった。いや、話し合いと言うものじゃなかった気もするが。

「でさ。見積もり立てて、実行委員会その他にお伺い立てなきゃいけないんだけど」

みんなが解散となって帰り始めたとき、松本は俺に話しかけてきた。

「ああ、そうだな。ていうか、バーテンダー喫茶なんて企画、通るのか？」

そんなに変な企画ではないから大丈夫かと思うが、あんまり変なものとか、高校生らしくないものには許可が下りなかったりする。考えたら、第二候補も立てずにバーテンダーに決定してしまって、よかったんだろうか。

「大丈夫だろ。で、だいたいの見積もりは、過去に先輩達が喫茶やったときの資料が残ってるから、簡単なんだけど、問題はバーテンダーの衣装だよ」

バーテンダーの衣装……。いや、あれは衣装って呼ぶんだろうか。俺は本物のバーテンダーなんかに会ったことはないからよく判らないが、テレビで見るのは、黒いベストとズボンで蝶ネクタイしてて……って感じだったよな。

「あんな服、どこから手に入れるつもりなんだ？　まさか今から作れって言わないだろうな？」

そんな無茶は言わないでほしい。だいたい、誰が作るんだ。親に頼むのも悪いし、少なくとも俺は作れない。買ってくるにしても、予算オーバーなんじゃないだろうか。

「貸衣装を狙《ねら》う」

「なるほど」

自分で言い出した案だからか、用意周到《よういしゅうとう》にいろいろ考えていたらしい。

「でも、まともに借りたら、やっぱ高いと思うんだよな。だから、おまえに頼む」

「……は？」

俺は言われたことの意味が判らなくて、ちょっとの間、ニコニコ顔の松本を見つめていた。

「おまえ、モデルのナントカってのと知り合いなんだろう？」

いきなり冬貴の話を振られて、俺は心臓を鷲《わし》づかみにされた気分だった。

「なっ、何でそれを……っ！」

驚きすぎて、声が上擦《うわず》ってしまった。

いけない。落ち着かないと、俺が冬貴と付き合っていることがバレてしまう。

「俺の弟がそういう話を聞かせてくれたんだ。うちの弟、生徒会の……ほら、前に会計やってた奴に可愛がられててさ。そいつにそんな話を聞いたって、うちで言ってたから、こりゃ使えるなと思って」

使えるな、じゃないぞ。本当に。

生徒会の会計をやっていたのは、西尾《にしお》葉月。早い話が冬貴の弟なんだ。本当なら俺の好きな人の弟なんだから、仲良くしてしかるべきだ。しかし、俺は葉月が大の苦手で……。

いや、悪い奴じゃないというのは判ってる。判ってるが、苦手なものは苦手だ。で、葉月が気まぐれで可愛がってる一年生がいるという話を聞いたことがあったが、まさかその相手がこの松本の弟だったなんて。

別に弟なのはかまわないが、俺のことまでペラペラ兄貴に喋《しゃべ》ってほしくない。というより、なんの目的があって、葉月はその子に俺と冬貴が知り合いだなんて言ったんだろう。自慢話なら、冬貴は自分の兄だと言えばいいじゃないか。

なんにしても腹の立つ話だ。

「で、モデルと知り合いだから、どうだって？」

俺はなるべく平静を装って訊いてみた。

「モデルといえば、服飾関係だろ。そのモデルに、そういうツテがあるんじゃないかって思ってさ」

「そんなの、あるわけないだろっ」

「そう言い切れるのか？　証拠はあるか？」

そんなことを言われたら、何も言えない。モデルの仕事なんかよく判らないし、オーナーとしての冬貴の仕事のことはもっとよく判らなかった。

「だけど……迷惑がかかったら……」

「そうか。迷惑かけたらいけないよな……。でもまあ、ダメだったら他の方法考えるから、当たるだけ当たってみてくれよ。じゃあな」

松本はニッコリ笑顔で手を振り、俺の返事も待たずにさっさと教室を出ていってしまった。

おいおい……。

その愛想だけで世の中渡れると思ったら大間違いだぞ。だが、きっと松本はそういう気持ちじゃないんだろうな。ただ考えつくままに言ったり行動したりしてるだけで。

なんだかどっと疲れが出てきた。

とりあえず、冬貴に電話して訊いてみよう。どうせダメに決まってると思うが、葉月があいつの弟についてるとなると、いろいろ面倒だ。

俺も諦めて教室を出たところで、問題の葉月にバッタリ出会ってしまった。思わず身構える俺に、葉月はニタ――ッと笑った。

自称・元天堂生徒会の天使、らしいが、どう見たって悪魔に近いじゃないかと思う。

顔は可愛い部類なんだよな。だが、底意地が悪いというのか、少なくとも俺とは相性《あいしょう》最悪なんだ。

「うちの冬貴がいつも君にお世話になってるみたいだよね」

う……。いきなり核心を突いてきやがった。俺がそのことに触れられるのが嫌だってことが判っていながら、わざと冬貴の話題を振ってくる。

だいたい、『うちの冬貴』って一体なんなんだ。冬貴は確かに葉月の兄かもしれない。だけど、本人はもう自活してるんだし、立派な社会人だ。それを『うちの』呼ばわりするなと思う。

もちろん冬貴は俺のだ、なんてとても言えないんだけど。

「言っておくが、松本の弟に変なこと吹き込むなよ」

俺はこれだけは言っておかなくちゃいけないとばかりに、葉月に詰め寄った。というか、他に葉月と話す用は俺のほうにはない。冬貴と俺の付き合いについて、とやかく葉月に言われるのも嫌だ。

「松本の弟？　ああ、慎平《しんぺい》くんの兄さんと同じクラスなんだってね。で、変なことって？」

それを言うには、冬貴の名前を出さないわけにはいかない。仕方ないから、手短に話した。

葉月はニヤニヤしながら、俺の話を聞いていた。

「ふーん。別にいいじゃない。僕は何も慎平くんに、君と冬貴が付き合ってるなんて言った覚えはないよ」

思わず俺はあたりを見回した。誰か聞いてないか、心配になったからだ。

その様子を見て、葉月がクスクスと笑う。

「笑うな！」

「ああ、ごめん。でも、君もいい加減、冬貴と付き合ってることをみんなに言っちゃえばいいのに。明良ちゃんにも言ってないんだろ？」

葉月は自称「明良ちゃんのファン」でもある。一年生を可愛がってはいても、明良は別格らしい。もちろん、可愛がると言っても、どういう付き合いをしてるのかは、はっきりとは知らないが。なんにしても、慎平君とやらは、葉月のことをよく知らないか、もしくは哀《あわ》れな犠牲者《ぎせいしゃ》じゃないかと俺は思っている。

「俺が誰とどんなふうに付き合おうが、誰にも関係ないことだ。誰かに知らせたりする必要はない」

「あーやだやだ。頭の固い人はこれだから」

葉月は呆れたような声を出して言った。

「あのねえっ。明良ちゃんは絶対感づいてるよ。それなのに、ずっと黙ってるなんて……。可哀想《かわいそう》に、明良ちゃん。せめて明良ちゃんだけには言ってあげたほうがいいんじゃない？　あ、言いにくいなら、僕が言ってあげようか？」

「大きなお世話だ！」

俺は葉月を怒鳴《どな》りつけた。もちろん葉月は笑うばかりで、ちっとも反省なんかしてないようだった。

「そんなに真っ赤な顔しちゃって。君のそういうところに冬貴も参ったのかな」

葉月のニヤニヤ笑いが俺の目前に迫る。思わずよけると、またクスクス笑われた。

「心配しないでいいよ。冬貴が大事にしてるものに手を出す趣味はないから。ただ、君も案外、可愛かったんだねえと思っただけだよ」

くーっ。葉月なんかに可愛い呼ばわりされるなんて、一生の不覚だ！　なんで冬貴がこんな奴の兄なんだろう。つくづくそう思う。

「で、バーテンダーの服ね。冬貴に相談したら、マジでなんとかなるかもね。あの人、顔が広いから。でも、冬貴のことを思い出して、君を衣装調達係に任命するなんて、さすが慎平くんのお兄さんなだけあるね。目のつけどころが違う」

明良の従兄弟（現・兄）である俺のことはけなすのに、松本のことは褒《ほ》めるのか。いや、どうせそれも俺に対する嫌味なんだろうが。

「ま、頑張《がんば》りなよ。文化祭には冬貴も呼んで、みんなにお披露目《ひろめ》すれば？　ついでにバーテンダー姿を冬貴に見せて、惚れ直させるといいよ」

そんなとんでもないことを言いながら、葉月は廊下の向こうに消えていった。

一年生の教室にでも行くつもりなのかな。本当に慎平君とやらと真面目に付き合ってるんだろうか。いや、それは俺には関係ないことだけど。

なんにしても、俺は葉月と会っただけで、エネルギーをずいぶん消耗《しょうもう》したような気がした。

だが、一応、約束は約束だから、学校を出たところで冬貴に携帯で電話を入れてみた。仕事中かなと思ったが、運良く冬貴が電話に出てくれる。

「カズ……？」

冬貴の声を聞いただけで、心臓が跳ね上がる。

落ち着け、俺。冬貴の声なんて何度も聞いてるのに、こうして電話の声を聞いただけで、いつもこうなる。冬貴本人にはこんなこと恥ずかしくてとても言えないが。

「今、学校から帰るところなんだけど。ちょっと会えないかな？」

本当は電話で衣装のことを聞くつもりだったが、声を聞いたら急に会いたくなったんだ。だけど、電話の向こうは一瞬無言だった。

「あ……忙しかったかな。ごめん」

俺は慌てて謝った。

社会人の冬貴がそうそう暇なわけはないだろう。普通のサラリーマンとは働く時間帯が違うと思うが、学生の俺よりはきっと忙しいはずだ。

「いや、違うよ。ただ、カズからそんなふうに誘ってくれたことはあまりないから嬉しくて」

そう言われてみれば、自分から冬貴を誘うことなんか、ほとんどない。いつも冬貴に誘われるばっかりだ。でも、それは俺が冬貴に会いたくないわけじゃなくて、本当は会いたいけど、どうしても遠慮《えんりょ》してしまうからだ。こんなふうにちゃんとした用があるから、会いたいって言えるが、そうでなければ、忙しそうな冬貴にとても言えない。

顔を見たいから会いたいなんて、そんなこと。

女の子じゃあるまいし。顔を見たければ、写真でも見ればいい。冬貴の写真が載ってる雑誌は何冊も持っていたし、動いてる冬貴が見たければ、冬貴がテレビに出たときのものを録画してるビデオがある。

だが、そんなものより、実際に冬貴に会いたい気持ちはどうしてもなくならなかった。

「今、事務所のほうにいるんだ。場所覚えてる？　あ、駅まで迎えにいこうか？」

「ちゃんと覚えてるよ」

俺は苦笑しながら言った。

冬貴のモデルクラブの事務所は駅からわりと近い。歩いて五分くらいの場所なのに、わざわざ迎えにきてもらわなくても、ちゃんと行ける。

「そうか。嬉しいな。カズが来てくれると思ったら、嬉しくて仕事が手につかなくなりそうだよ」

そう言われて、ちょっと心配になってくる。

「……本当に忙しいんじゃないのか？　俺の用だったら、別に今日じゃなくても……」

だいたい電話で済むような話なんだから、わざわざ冬貴の仕事の邪魔をすることはないんだ。

「いや、いいんだよ。カズと会うくらいの余裕はちゃんとあるからね。心配しなくていいよ」

「だったら、いいけど……。もし都合が悪くなったら、ちゃんと言ってくれよ。俺、そっちに向かう途中でもすぐに帰るから」

携帯から、冬貴の笑い声が聞こえた。

「カズのそういうところが好きだよ」

心臓がドキンと高鳴った。

いきなり口説《くど》くなよ。ドキドキしてきて、顔が赤くなるじゃないか。

「じゃ、気をつけておいで。待ってるよ」

「ああ。判った」

電話を切ったものの、まだ心臓のドキドキは止まらない。本当に冬貴は俺を変えてしまう。こんなの、本当の俺じゃないのに。

「カズちゃん。そんなところに突っ立って、どうしたの？」

背後から明良の声が聞こえて、俺はもう少しで飛び上がるところだった。一瞬、今の会話を聞かれたかと思ったが、冬貴の声までは聞かれてないはずだ。それどころか、俺の電話の相手が冬貴だったとは判らないはずだ。

「あ…明良！　いや、ちょっと電話してて……」

振り向くと、明良は恋人の藤島優《ふじしますぐる》と一緒にいた。

目がくりくりと大きくて、まるでぬいぐるみを思い出させるような可愛い顔をした明良は、天然茶髪で色男タイプの藤島に寄り添っている。ふと見ると、手なんかつないでいるじゃないか。今更、藤島に嫉妬《しっと》するのは馬鹿馬鹿しいことだと思いながらも、かつて俺は明良のことが好きだったから、こんなベタベタした雰囲気の二人を見る度に、実は今でも複雑な気分になる。

「誰に電話？」

無邪気に明良が訊いてくる。いや、たぶん相手は母親か何かと思ってるんだろうな。

「友達だ」

冬貴はうちに来たことがあるし、そのときは両親にも明良にも「歳の離れた友人」として紹介している。だから、この場合、友達と答えるのは別に変でも何でもないはずだ。もちろん、本当は恋人なんだが、明良にはとても言えない。

「冬貴さん？」

いきなり明良に言われて、俺はものすごく動揺してしまった。

「その……えーと」

「違うの？」

またもや無邪気《むじゃき》に明良が尋ねてくる。俺は内心、冷や汗をかきながら、何でもないふりをした。

「……冬貴だ。文化祭でうちのクラスが変な喫茶店をするとか何とかで、衣装を揃《そろ》えるのに協力してもらおうと思ってさ」

俺は焦《あせ》った挙句《あげく》に、訊かれてもいないことまで言い訳みたいに喋《しゃべ》ってしまった。明良は「ふーん」といった感じで聞いているものの、その隣にいる藤島が妙な表情をしてるのが気にかかる。

まさかと思うが、何が感づいたんじゃないだろうな。いやいや、俺の言ってることは、別におかしくないはずだ。冬貴というモデルの友達がいて、文化祭の衣装の件で相談に行く……ほら、ちゃんと辻褄《つじつま》は合ってるぞ。

そんな気持ちで挑戦的に藤島を睨む。すると、藤島は何故か口元に笑みを浮かべた。

コノヤロウ……。笑いやがったな。

実際に藤島がどうして笑ったのか判らないが、俺は自分にやましいところがあるので、姑息なごまかしを笑われたような気がしたんだ。

「とにかくっ！　明良、母さんにちょっと遅くなるって言っておいてくれ」

思わず、語調がきつくなる。藤島のことは嫌いだが、明良には罪はないのに。

「変なの、カズちゃん。そんなに言い方しなくても」

「そうだ。ちょっと変だぞ。その冬貴とかいう人と何かあるのかな？」

藤島は笑みを浮かべながら、俺に言う。

くそーっ。藤島め。余計なことを言うなよ。明良が目を丸くして、俺を見てるじゃないか。

「何もないさ。ただ、遅くなるってだけの話だ。……じゃあ、明良、頼んだぞ」

これ以上、話していると、どんどんボロが出てきてしまいそうだったから、俺はこのへんで話を切り上げて、さっさと駅へ向かう。藤島と明良も電車通学だから同じ方向なのだが、恋人同士の二人が俺と一緒に歩きたいわけがないだろう。明良ならともかく、藤島のほうはね。

俺はいつもの駅とは違う駅で降りて、乗り換えをする。そして、着いた駅からしばらく歩くと、冬貴が経営しているモデルクラブの事務所が入っているビルが見えきた。

一人でここに来るのは初めてだ。前に来たときは冬貴と一緒で、それはそれでドキドキしたけど、一人でこういうビルに入るのは別の意味でドキドキしてくる。

俺なんかが冬貴の仕事の場所に入ってもかまわないんだろうか。前のときは、デートの途中で冬貴が俺を案内してくれただけだからよかったが、今回はこっちから押しかけているようなものだ。

電話では愛想がよかったけど、実は迷惑だったとか。

そんなことを考えていると、もうこのまま帰ってしまいたくなる。いや、自分から会いたいといって、無理やり約束を取りつけたくせに、黙って帰るわけにもいかない。そっちのほうがよっぽど失礼だ。

そうだ。冬貴が忙しそうだったら、すぐに帰ればいい。そもそも、用件はそんなに時間がかかることじゃないんだから。

エレベーターで六階に上がって、冬貴のオフィスに向かう。

問題の扉をまさにノックしようしたとき、内側から急にそれが開いた。

「えっ？」

目の前に金色の髪を揺らした冬貴が立っていた。

「あ……」

「カズ、待ってたよ」

冬貴は俺に極上の笑みを見せながらそう言った。

「どうして俺が来るのが判ったんだ？」

エレベーター内にカメラがついていて、訪問者が誰か判る、とか。そんなはずないか。ここは雑居ビルなんだから。

「ただの偶然。そろそろ君が来る頃かなあと思ったら、外に出て様子を見たくなったんだ」

なんだ、偶然なのか。もしかして、心が通じるってやつかなと思うと、なんだか照れてしまう。

「どうぞ、カズ。遠慮せずに奥に入って」

「でも……いいのか？　仕事中だったんじゃ……」

「大丈夫。今は暇なんだよ」

本当だろうか。俺が行くから、無理やり「暇」ということにしたんじゃないだろうか。いや、冬貴はこんなナリをしていても、立派な社会人なんだから、仕事に私情を挟んだりしないよな、たぶん。

それでも、冬貴は過剰《かじょう》に俺を甘やかしてるみたいに思えて、時々、それが気になってしまう。俺のせいで、冬貴の仕事に影響が出たらどうしよう、とか。

「こっちにおいで」

冬貴はオフィスの奥へと俺を案内する。途中、デスクで仕事をしている事務の女性と目が合い、ニッコリされたから、俺も頭をペコッと下げた。

この間、来たときは、モデルの人が何人かいたけど、今日は他に誰もいないみたいだ。と思ったら、奥の部屋の応接セットに江口《えぐち》さんがいた。

江口さんは冬貴のマネージャーをしている人で、冬貴とは長年のパートナーらしい。冬貴が前に所属していたモデルクラブから独立するときに一緒に連れてきた人……というか、冬貴とは経営上でもパートナーであるらしかった。

江口さんは三十歳で、冬貴よりもさらに落ち着いた大人の男という雰囲気を持っていた。いつも会う度にニコニコしていて、それが営業スマイルみたいな心のこもってないものじゃなかったから……それに冬貴が絶大なる信頼を江口さんに寄せていたから、俺は江口さんには好感を抱いていた。

江口さんは立ち上がって、俺に会釈《えしゃく》をした。俺よりずっと年上の人なのに。

俺は慌てて頭を深く下げた。

「お邪魔みたいだね。コーヒーは向こうで飲むよ」

江口さんは今まで飲んでいたらしいコーヒーカップを持って、移動しようとする。

「あ、いいです。そんな……。冬貴と何か大事な話をしていたんじゃ……」

「いや、ただコーヒーを飲んでただけだよ。君が来たら、退散するっていう約束でね。ここにいつまでもいて邪魔をしたら、冬貴の機嫌が悪くなってしまう」

江口さんは冗談めかしたように笑って言う。

冬貴が機嫌悪くするなんて。俺はまだ機嫌の悪い冬貴なんて見たことなんかない。

一瞬、絶対冗談だと思ったが、江口さんは冬貴と付き合いが長いわけだし、俺の知らない冬貴を知っているのかもしれなかった。

そうだ。いつも笑顔しか見せない冬貴は、ひょっとしたら、俺のことを対等な相手だとは思っていないのかもしれない。本当の恋人なら、もっと喧嘩したり、ワガママを言ったりするもんじゃないのか。いくら俺と冬貴の歳が離れていても。

だけど、冬貴はどこまでも俺に甘い。本気で怒ることなんかないし、いつだって笑顔で接してくれる。それが冬貴の優しさだと思っていたが、本当はそうじゃないかもしれない。どこかまだ他人行儀なところがあって、冬貴は俺に本当の顔を見せてないのかもしれなかった。

「カズ。立ってないで、ここに座って」

冬貴に声をかけられて、ハッと我に返る。

「あ……うん」

俺は勧《すす》められたソファに腰を下ろした。

「ちょっと待ってて。君においしいコーヒーを淹《い》れてあげるから」

冬貴は江口さんと飲んでいたらしいコーヒーカップを手に、向こうへと行こうとする。

「いいよっ。そんな……俺、別にお客さんじゃないから」

わざわざここのオーナーである冬貴の手を煩《わずら》わせるなんて、よくないと思う。もちろん、冬貴以外の人が俺のためにコーヒーを持ってきてくれたりしたら、それはそれで申し訳ない感じだ。

たかが、学校の文化祭のことを相談しにきただけなのに。

「何を言ってるんだ。君は僕の一番大事なお客さんだよ」

そう言って、冬貴は俺の目の前でにっこり微笑む。

ああ、こんな場所で笑顔を見せないでくれよ。それだけで俺は動悸《どうき》がしてくるんだ。情けないと思うが、どうしても制御できない。

冬貴は俺の耳元に口を近づけると、そっと囁いた。

「カズ、そんなに色っぽい顔しないでほしいな。抱きしめてキスしたくなってくるよ」

「な……何言ってるんだよっ」

俺はビックリして、身を引いた。

まさか冬貴が俺と同じようなことを考えていたとは。いや、俺は色っぽい顔なんかした覚えはない。そう言われる度に何度だって思うが、色っぽいのは俺でなく冬貴のほうなんだ。

冬貴はふっと笑うと、俺を置いて向こうの部屋に行ってしまった。俺は仕方なく、ソファの背もたれに身体を預けた。

なんだか緊張しすぎて溜息が出てしまう。

本当にいいんだろうか。俺がこんなところにいて。

いくら冬貴の恋人だからって、まるっきり場違いじゃないか。せめて、ここじゃなくて、他の場所で待ち合わせればよかった。冬貴の仕事が終わるのを待って……たとえば冬貴のマンションだとか。

そう考えて、俺はふと、冬貴のマンションにいったらいつもどうなるかを思い出した。ドアを開けるなりキスをされて、メロメロになった俺は抱きかかえられるようにして冬貴のベッドルームに直行して……。

本当にいつもそうなんだ。いや、たまにリビングのソファでいろんな話をすることもあるけど、そもそも俺は冬貴とそんなに頻繁《ひんぱん》に会えるというわけじゃない。俺は予備校や受験勉強があるし、冬貴には仕事がある。だから、二人きりのマンションでは、もう抑えが効かなくなるんだ。

そんな状態で、学園祭のことなんか話す余裕はない。少なくとも、俺のほうは。

だが、そんな付き合いをしてると、冬貴と俺の関係というのがなんだか判らなくなってくる。まるで身体だけの関係みたいな……。

いや、そうじゃない。とりあえず今は、冬貴の言うことに嘘はないはずだ。俺を好きだって言ってくれる気持ちに偽りがあるわけじゃないんだ。

俺はすぐに冬貴のことになると弱気になる。どうしても自信が持てないでいた。いくら冬貴が優しい言葉をかけてくれても、それを心から信用できずにいるのかもしれない。

本当は信じてしまいたいのに。

冬貴がもう少し不細工な男だったら、ここまで疑り深くならずに済んだだろうか。……たぶん、それも違う。俺は自分に自信がないだけなんだ。冬貴に好かれるような価値が自分にあるとは、とても思えないから、こんなことばかり繰り返し考えてしまうんだろう。

やがて、冬貴はコーヒーカップをトレイに載《の》せてやってきた。

「どうぞ、カズ」

「ありがとう」

俺は心からそう言って、それを受け取った。見ると、ミルクがもう入っている。俺が砂糖入れずにミルクだけを入れることを、冬貴は知っているからだ。

冬貴は自分の分のカップをテーブルに置いて、俺と向かい合わせのソファに腰かけた。

目が合い、俺は冬貴から視線を外せなくなる。何故なら、冬貴が俺の目を穏やかな表情でじっと見つめているからだ。

「あの……仕事中に押しかけてきてごめん」

「いや。いいんだ」

「江口さんと重要な話をしていたんじゃなかった？」

「スケジュールについて確認していたけど、もう終わったから。もし忙しかったら、カズをここに呼んだりしないよ。僕はそこまで公私混同したりしない」

少し真面目な顔で言われて、俺は自分の疑り深さを反省した。

そうだ。冬貴は仕事をするときは本当に真面目なんだ。忙しいなら、俺を呼んだりするはずがない。そんなときに、俺の相手なんかする暇はないからだ。

「ごめん。俺……」

俺が再び謝ると、冬貴は手を伸ばして、俺の頭をちょっとだけ撫でた。

「いいんだよ。僕は君のそんなところが好きなんだから」

小さな声だったけど、向こうのほうには江口さんや事務をしていた女の人がいるのに……と思うと、カッと頬が熱くなってしまう。

「でも、あんまり僕に遠慮しないでほしいな。君はもっと堂々としていいし、もっと僕に甘えてかまわないんだからね」

冬貴は余裕のある笑みを浮かべて、コーヒーを口に運ぶ。

ああ、冬貴はどうしていつもこんなに俺に優しくできるんだろう。男としての度量の深さとか、懐《ふところ》の大きさをいつも感じる。そして、その冬貴の大きさにとても追いつかない俺は、ますます自信がなくなっていくんだ。

冬貴は俺の憧れだが、同時に俺のコンプレックスも刺激してくれる。いや、そんなの、冬貴のせいじゃない。情けない俺が駄目《だめ》なだけなんだけど。

「でも……冬貴に甘えてばかりいたら、わがままになってしまいそうだ」

「カズのわがままなら、大歓迎だ。いくらだって聞いてあげたい」

冬貴は微笑みながら言った。

だから、どうして冬貴は俺をこんなに甘やかそうとするんだろう。

「で？　僕に何か用があるみたいなことを言ってなかったっけ？」

そういえば、そうだった。そのために来たのに、俺はつい冬貴のことばかり考えていたよ。

「実は、今度、文化祭があるんだけど……」

俺は手短に、自分が押しつけられたことを説明した。

「冬貴にこんなこと頼んでも迷惑がかかるだけだって思ったけど、一応、クラスのために訊いてみるだけ訊いてみようって……」

冬貴は俺の話を嫌な顔ひとつせずに聞いてくれた。

「別に迷惑じゃないよ。それどころか、僕はその松本君に感謝しなきゃいけないね」

「えっ、どうしてだよ？」

変なことを言うなあと思った。迷惑でないくらいは、いつも冬貴は言うが、どうして松本に感謝しなくちゃならないんだろう。

「松本君が僕のことを持ち出して、君に押しつけなければ、君から会いたいなんて誘ってくれなかったかもしれないしね。それに……」

冬貴は何故か意味ありげに笑った。

「な、何だよ……」

「コーヒー、飲んで。おいしいよ」

そう言われて無視するわけもいかず、上目遣いに冬貴の顔を見たままカップに口をつける。

どうしたんだろう。冬貴が話を逸らすなんておかしい。意味ありげな笑いを洩らすのも、冬貴らしくない。弟の葉月なら、いつも何かを企んでるから、それもアリだが。

「僕はカズのクラスに協力してあげられると思う。こう見えても、けっこう顔は広いんだ」

こう見えてもって……。どう見たって、冬貴は顔が広そうに見える。

「よかった。無理だって言われたら、どうしようかと思ってた」

俺はホッとして、もう一度カップに口をつけてコーヒーを飲んだ。安心したせいか、コーヒーがさっきよりおいしく感じられる。

「でも……交換条件があるんだ」

「え？」

冬貴の口から、交換条件なんてものが飛び出してくるとは思わずにビックリする。

いや、すごく似合わないじゃないか。冬貴の綺麗な顔や誠実な人柄と、「交換条件」というなんとなく含みがあるような言葉の響きとが。

だいたい、冬貴は今さっき、俺のわがままをいくらでも聞いてやりたいって言っていたような気がするんだが。あれは俺の空耳だったたんだろうか。

「どういう交換条件なんだ？」

とりあえずそれを聞いてみることにした。

「カズの写真を撮りたい」

そう言われて、俺は思わず嫌な顔をしてしまう。

昔から、俺は写真を撮られるのが好きじゃなかった。いつも身構えたような顔つきになってしまって、自分で自分の写真を見るのがすごく嫌だ。

しかも……。

俺は冬貴の撮影現場にたまたま立ち会っていたとき、成り行きで冬貴と一緒に写真を撮られたことがあった。

思い出しただけで赤面するが、あのとき冬貴が特別に色っぽくて……。そのフェロモンにやられたようになって、カメラの前でキスしてしまったんだ。冬貴は花束で隠してると言ったが、出来上がりのその写真は「いかにもキスしています」っぽい怪しいものになっていて、さらに追い討ちをかけるように、その写真は女性誌に掲載された。

もちろん天堂高校の生徒はそんな女性誌なんかを見るはずがない。だから、眼鏡を外し、メークみたいなものをされてる人物が俺だなんて、誰にも判るはずがなかった。

なのに。

葉月が何故かそれをチェックしていて、俺を揶揄ったんだ。あのときの絶望みたいなものを、俺はまだ鮮明《せんめい》に覚えていた。というか、まだ数ヵ月しか経ってないからな。

とにかく、俺はもう写真なんか絶対撮るつもりはない。クラスの集合写真やスナップ写真は別だが、冬貴絡みで写真を撮るなんて真っ平だ。

「絶対嫌だ」

俺はわがままだと言われようが、これだけは断固拒否するつもりだった。

「どうして?」

冬貴は間髪入れずに訊いてくる。

「写真を撮られるのが嫌いだって知ってるだろう? それに……あんなことは二度とごめんだ!」

俺が吐き捨てるようにそう言ったのに、冬貴はクスッと笑ったんだ。

「葉月に見られたのはそんなに嫌だった?」

「当たり前だ。あいつは俺の天敵みたいなもんなんだから」

冬貴は苦笑しながら、金色に輝く前髪をかき上げた。

「あんなことには絶対にならない。誰にも見せないから」

「あのときだって、ただの記念写真だって言ったじゃないか。それなのに……」

事後承諾で、あれが使われることになったと言われたんだ。決まったんだと言われると、反論もできずにそのまま流したけど、死ぬほど後悔する羽目《はめ》になったんだから、やはり今、ここで断っておかなければ。

いくら冬貴の頼みでも、あれだけは嫌だ。

「他のことならなんでもするから」

思わず俺はそう言っていた。

「そんなに嫌？　僕が撮ると言っても？」

「えっ……？」

俺は冬貴の顔をまじまじと見つめてしまった。

「冬貴が撮るのか？」

「そうだ。君を撮りたい。他のスタッフは入れないから、君と僕だけで」

すごく意外だった。モデルの冬貴は撮られるほうで、撮るほうじゃないと思い込んでいたからだった。

しかし、弟の葉月は写真部だった。兄弟なんだから、冬貴が写真を趣味にしていたっておかしくはない。

「でも、どうして俺なんかを……」

「君が写真嫌いだから。僕の手で撮って、僕だけのカズにしたい。もちろん現像も焼き付けも僕がする」

熱い目で見つめられて、俺は何も言えなくなる。どうしてそこまでして、俺の写真なんかが欲しいんだろう。確かに俺は写真嫌いだから、冬貴に渡せるようなまともな写真は一枚だってないが、別に何年も会えないわけでもあるまいし。

まさか仕事の都合で日本を離れなくてはならなくなった、とか。それでしばらく会えないから、俺のちゃんとした写真が欲しいんだとか。

そんな……。

そんなの嫌だ。俺は冬貴と離れたくない。

「どこかに行ってしまうのかっ？」

勢い込んで訊くと、冬貴は途端に目を丸くした。

「え？　どこかって？」

冬貴の声の調子から、そんな予定は全然ないことが判った。早とちりしたらしいということに気づいて、俺は赤面する。

「いや、だって。写真が欲しいなんて言うから、てっきり長いこと外国にでも行くのかと思ったんだ」

冬貴は俺の勘違いを笑うでもなく、手を伸ばして俺の手に触れた。とても優しい目で見られて、胸の中がジンと熱くなってくる。

「そうだね。今のところ、そんな予定はないけど、いつそうなっても大丈夫なようにお守りが欲しい。僕だけの君の写真が欲しいんだ……」

そこまで言われて断れるわけはない。しかも、この間とは違って、冬貴が撮って、誰にも見せないって言うんだから、嫌がる理由もない。

「うん、判った……」

俺が上気した頬でそう答えると、冬貴は微笑んだ。まるで、俺をすごく愛しく思っているような表情で。

これ以上、冬貴の顔を見つめていると、ドキドキして、どうにかなってしまいそうだ。そう思ったら、冬貴は手を引っ込めてくれた。

俺はホッとしながらも、少し物足りなさを感じる。ここが冬貴の仕事場である以上、変なことはできないんだから、いつまでも手を握ったりしてるわけにはいかないってことくらいは、俺にもよく判っているんだが。

「交換条件なんて、ちょっと卑怯だったかな」

「そんなことない。衣装の件はこっちの勝手な頼みだし、その……写真くらい。冬貴が撮るんならいいかって思う」

我ながら現金だ。でも冬貴が撮るなら、許せるんだ。

「そうか。ありがとう」

冬貴は安心したように微笑んで、コーヒーに口をつけた。そして、ふと気づいたように、俺のコーヒーカップを見る。

「ぬるくなるよ。飲んだら？」

「あ……うん」

冬貴の部屋とは違う場所で、冬貴と二人きりでいると、どうも落ち着かない。変に緊張してしまうみたいだ。

「カズはこれから何か用がある？」

「後は帰るだけだ」

今日は予備校がない日だし、だとしたら、俺に用なんてものが存在するはずがない。俺は遊びにいったりしないほうだから。

「じゃあ、これから一緒に衣装を扱ってるところに行かない？　実際、見てみないと、カズのイメージしてるものがあるかどうか判らないから」

「えっ、でも……。本当にいいのか？　仕事は？」

「いいんだよ。よくないなら、こんなこと言わない」

確かにそうなんだろうけど、そこまで甘えていいものか。だが、相手を紹介してもらわないことには、こちらとしても困るわけだ。冬貴をいちいち窓口にしていたら、かえって冬貴のほうに負担がかかる。

「じゃ……お願いします」

俺がクラスを代表して頭を下げると、冬貴はそれが面白かったのか、ほがらかに笑った。

コーヒーを飲んでしまって、俺と冬貴は部屋を出る。江口さんが興味津々といった感じの目を向けてくるのが、なんとなくこそばゆい。

江口さんは俺と冬貴の関係を薄々気づいているんだろうな。俺が冬貴に口説かれたことや、撮影中にキスされたことを言ってしまったこともあるから。

「出かけてくるよ。用事があったら電話して」

冬貴はさりげなく江口さんに言った。

「ごゆっくり。カズ君も」

そんなふうに言われるのも恥ずかしくて、俺は江口さんに黙って頭を下げた。

事務所を出たところで、エレベーターのほうからやってくる男がニコッと笑って、冬貴に声をかけてきた。

「冬貴さん、これからどこかに行かれるんですか？」

男は大学生くらいの年齢か。背が高くて、男前。いかにもモデルという感じがした。いや、そう言ってしまうとなんだか偏見か何かあるみたいだが、これだけのルックスだから、冬貴の事務所で働いている一般事務というよりは、モデルの一人と考えるほうが自然だ。

「ああ、ちょっと用事があってね」

冬貴がそう答えると、その人はちらりと俺を見た。

「新しく入った子ですか？」

えっ、俺のことを言ってるんだろうか。新しく入ったって……。

「いや……。違うよ」

冬貴は笑って否定した。

どうやら俺はモデルの卵とでも思われたらしい。まさか、そんなはずはないだろう。俺みたいな地味な容姿の奴に、そんな派手な職業が合うわけはないのに。

ちょっとの間、その人は冬貴と俺にはよく判らない仕事の話をしていたが、何故かその視線はちらちらと俺に向けられていた。きっと、俺なんかが冬貴の知り合いだなんて、信じられないんだろうな。

自分でも並んで立っていて、何か不自然だと思うし、それ以上に俺がここにいるのは場違いだと思うから。

「じゃあ、しっかり頑張って」

冬貴はその人ににっこり微笑むと、軽く手を挙げた。そして、俺の肩に一瞬触れて、歩き始める。

エレベーターに乗り込むと、俺は冬貴にボソッと言った。

「あの人、目が悪いのかな」

「えっ、どうして？」

「新しく入った子だなんて。俺は絶対そんなふうには見えないのに」

冬貴はクスッと笑った。

「そうだね。勉強のしすぎで姿勢は少し悪いかもしれない。だけど、見る人が見れば、君が素敵だということはすぐ判るよ」

俺が素敵なわけはない。しかし、冬貴の目にはきっとそういうふうに映っているんだろう。本当は違うのにと思っても、冬貴がそう思い込んでる以上、俺がいくら否定しても意味はない。

「そうじゃないって言いたそうだね？」

冬貴は俺の心を読んだように言った。

「だって、俺は……」

「何度も言ったと思うけど、君は自分のことがよく判ってないだけなんだ。もっと自信を持っていいんだよ」

確かに、冬貴には何度もそう言われる。だけど、俺には冬貴が惚れた欲目で、実際の俺より何倍もいい俺に頭の中で仕立て上げてるだけという気がするから、そんな根拠のない自信は持てなかった。

それに……。

俺はこのままの俺でいい。自信を持った俺なんか、鼻持ちならないから。

冬貴は軽く俺の頬にキスをした。

「あっ……冬貴！」

文句を言おうとしたら、エレベーターのドアが開く。急に二人きりの空間ではなくなって、俺はハッとして口をつぐんだ。

「続きは後でね」

冬貴は笑いながら、俺を揶揄うようにそう言った。


冬貴が連れていってくれた店は、さまざまな貸衣装を扱っているところだった。婚礼衣装から着ぐるみまで広く取り扱っているらしい。

店内に入ると、三十代くらいの男が奥から出てきた。

「おお、冬貴じゃないか。久しぶりだな」

「ご無沙汰してます、石倉《いしくら》先輩」

ということは、冬貴の学校の先輩なのか。もしかして、フケて見えるが、実は冬貴とそんなに変わらない年齢なのかもしれない。

「そっちは弟か？　懐かしい制服だな」

えっ。まさか天堂のＯＢなのか。

俺はビックリして、石倉先輩と呼ばれた男を見つめた。

「そんなに驚かなくてもいいだろう？　冬貴の弟君、俺も君の先輩にあたるんだ」

「先輩、この子は僕の弟じゃない。弟の友人で、僕の……大事な恋人です」

いきなり恋人と紹介されるとは思わなくて、俺は慌ててしまった。

「冬貴っ！」

「心配しなくていい。先輩は理解があるから」

天堂高校出身なら、そうかもしれないが、それにしたって、こんな店先で恋人ですと紹介されるなんて慌てるし、心配だってする。もちろん、俺達の他に、客なんか一人もいなかったが。

「ああ、やっと恋人ができたのか、冬貴」

石倉さんは別に驚いたふうでもなく、普通にそう言った。

「やっとって……」

冬貴はこんなに格好いいのに、恋人がずっといなかったんだろうか。いや、そんなことはないと思う。俺が知らないだけで、たくさんの人と付き合ってきたはずだ。

それは……俺にとっては心が痛むことだが、仕方ない。俺と冬貴は歳が違う。俺と出会うまでの冬貴のことをあれこれ考えても始まらないだろう。

「で、名前はなんて言うんだ？」

石倉さんに訊かれて、俺は名乗った。

「ほう、一秀君ね。こいつ、理想が高すぎて、けっこう淋しい生活を送ってきたから、よろしく頼むよ」

「えっ……」

嘘だろ。冬貴って理想高いのか？

じゃあ、なんで俺と付き合ってるんだろう。ずっとそれは疑問だったけど、改めてそう思う。ひょっとして冬貴って、実はすごく趣味が悪いとか。それで選り好みしてるから、人には理想が高いように見えていたりしてな。

「それで、恋人を見せびらかしに来たのか？」

「いえ、仕事の話です」

冬貴はちらっと俺の顔を見た。

そうだ。用があるのは冬貴じゃなくて、俺のほうだったんだ。

「実は今度、文化祭があるんですが……」

俺は手短にバーテンダーの服をできれば安く用意したいという話をした。

「なるほど。それで俺のところに頼ってきたわけか。まあ、後輩の頼みだ。ＯＢとしては手を貸さないわけにもいかないからな」

「……大丈夫ですか？」

「ああ、この店のオーナーは俺だ。俺がいいと言ったらいいんだよ。それに……」

そう言って、石倉さんはニヤリと笑った。

「冬貴の恋人なら、それ相応のサービスをしないと、俺が冬貴ににらまれる」

「そうそう、僕は石倉先輩には学生時代にたくさん貸しがあるんだ。代わりにカズがサービスしてもらうといい」

冬貴がそう言うなら、いいんだろうな。どのくらいサービスしてくれるか判らないが、なんにしても、定価より安いならありがたい話だ。

石倉さんは冬貴と俺を奥のほうの部屋に招いた。そこにはソファがあり、これもサービスなのかお茶まで出してくれる。

「カズ君、こういうのがあるんだけど、どうかな？」

石倉さんが俺に向かって、ニコニコと衣装を広げて見せた。

どうでもいいが、石倉さんまで俺のことをカズと呼んでいる。冬貴がそう呼ぶからなんだろうけど、普通はそんな呼ばれ方しないから照れてしまう。

石倉さんが俺に見せてくれたのは、黒い光沢のある生地のベストとズボン、それから白いシャツに黒い蝶ネクタイ。まさに、それは俺のイメージするバーテンダーの服だった。もちろん、俺は実際にバーテンダーなんて見たことはないし、テレビで見たバーテンダーはこういう服装をしていたなあという印象でそう思っただけなんだが。

「あ、こんな感じです。何着借りられますか？」

俺は早速、商談に入る。というか、まだ見積もりの段階で、学校側の了承が得られなければ流れてしまう話だが。

ひとまず、俺は見積もりを出してもらって、仮予約しておいた。

「ここまでサービスしてもらえるなんて……。本当に助かります」

俺はソファから立ち上がって、頭を下げた。

「いやいや。可愛い後輩の恋人のためだから」

石倉さんはニコニコしている。冬貴の知り合いはみんなこんな感じの人が多い。みんないい人そうで、それはやっぱり冬貴の人柄がいいからに違いないと思う。そして、きちんとした関係が築けているということなんだろう。

俺は人付き合いが苦手だし、冬貴のそういうところを尊敬する。いや、他にも俺は冬貴のことをいつもすごいと思っているんだけど。

俺には本来手の届かないところにいる大人なんだって。

たまたま出会って、恋人ということになったから、俺の傍にいるだけで、本当はこんな位置にいることは不自然なんだと思う。

輝くばかりの美貌を持つ冬貴と単なる高校生の冴えない俺の組み合わせなんて、兄弟にだってきっと見えない。

「冬貴は幸せ者だな。理想の恋人を見つけて」

石倉さんはそう言った。冬貴もそれに頷いている。だけど、俺は冬貴の理想の恋人なんかじゃ絶対ないと思うんだ。

俺は石倉さんに見送られながら、冬貴と店を出て、駐車場に向かうところでふと足を止めた。

「冬貴はまだ仕事なんだろう？　俺はこのまま帰るから。駅の方向もだいたい判るし」

そう言うと、冬貴は眉を寄せて、俺を見つめた。

「カズはもう僕と一緒にいたくない？」

「そんなことはない！　でも……仕事中に押しかけて、これ以上、迷惑にはなりたくないから」

冬貴はふーっと溜息をついて、俺の髪をちょっと引っ張った。

「カズはすぐそんなふうに言う。僕は全然迷惑なんかじゃない。本当に忙しいときはそう言うし、言わないということは、そうじゃないということだ。少しは僕の言うことも信じてほしいな」

「ごめん……。信じてないわけじゃないんだけど……」

俺は図々しく冬貴の仕事の邪魔をして、嫌われたくないんだ。それくらいなら、最初から遠慮しておいたほうがいいに決まっている。

「判ってる。君がそういう子だっていうのは。でも、僕は少しでも時間があれば、君と一緒にいたいんだ。文化祭の用事がメインだっていい。カズがせっかく訪ねてきてくれたのに、このまま帰したくない」

冬貴の言葉にドキンとした。

このまま帰したくないって……。

いや、すぐそんな想像してしまうのは、あまりよくないことだ。何も冬貴だって、いつも俺とエッチしたいわけじゃないだろうし。

「……判った。冬貴がそう言うなら……まだ帰らなくてもいい」

冬貴はニッコリと微笑んだ。

「それに、写真を撮る約束をしただろう？」

「えっ、今日撮るのか？」

「スタジオが予約できればの話だけど」

冬貴の言葉に俺は慌てた。

「だって、冬貴が撮るんだろう？　そんなスタジオで撮るなんて聞いてない」

「撮るのは僕だけ。スタジオはただ場所を借りるだけだよ」

俺は前にスタジオで写真を撮られたときのことを思い出した。あのときは冬貴と一緒だったが、あんな場所に一人で立たされるのは嫌だ。

「何もスタジオじゃなくても……。普通の部屋の中でもいいじゃないか」

「僕は君を綺麗に撮りたいんだ」

そう言われると、何も言えない。

だって、普通の場所だったら、きっと俺なんか綺麗に撮れないからだ。いつも俺は変な顔をして写真に写っているし、そんな写真を冬貴がお守り代わりにするなんて、とんでもない話だと思う。

それくらいなら、少し我慢して、スタジオで撮ってもらったほうがいい。照明とかのマジックで、こんな顔でも多少はよく写るはずだ。

「……判ったよ」

俺は渋々ＯＫした。

元はといえば、松本があんな案を出すからいけないんだ。だが、松本があんな案を出さなければ、今日、冬貴に会えなかった。やっぱり会わないよりは会ったほうがいい。

だから、もう心の中で松本を責めるのはやめにした。

俺は冬貴と一緒にオフィスに戻る。しばらく例のソファで待たされたけど、やがて冬貴の用事が終わった。

それから、腹ごしらえをした後、予約を入れたフォトスタジオに向かうことになった。

食事が終わり、フォトスタジオに着いたのは、もう遅い時間だった。

もちろん家には連絡済みだから問題ない。うちの家族に冬貴は信用があるから、冬貴が一緒だと言えば、文句は言わないんだ。

驚いたことに冬貴は、フォトスタジオを管理している人から戸締りを頼まれていた。どうやら、その人はこれから帰宅するらしい。だけど、冬貴は部外者だろうに、戸締りを頼まれるなんて、よっぽど親しいんだろうか。

「ここのオーナーは兄なんだよ。もちろん兄にはちゃんと連絡を入れているから心配しなくていい」

冬貴にお兄さんがいることは知っていたが、フォトスタジオを経営しているとは知らなかった。

「お兄さんは写真関係の仕事をしてる……って感じなのか？」

あまり冬貴の家庭のことを詳しく聞いたことがない俺だが、冬貴のほうからせっかく話を振ってくれたんだからと訊いてみる。

「ああ、言ってなかったかな。兄はプロのカメラマンだよ」

「えっ……そうなんだ？」

冬貴は四人兄弟の三番目で、一番上のお兄さんがお父さんの会社を継いで仕事をしているというのは聞いたことがある。だから、なんとなく二番目のお兄さんもそういう仕事をしてるんだろうと思い込んでいたが、全然違っていたらしい。

というか、葉月の写真好きは二番目のお兄さんの影響だったのか。葉月の部屋には引き伸ばした明良の写真が貼ってあるという話を、冬貴から聞いたことがあったが（今も貼ってあるかどうかは知らない）、自由に写真を引き伸ばせるような環境にあったのかもしれない。

「こっちだよ」

冬貴は俺を連れて、奥へと入っていく。

撮影スタジオは前に見たときのように、よく判らない機材が置いてあったが、スタッフは一人もいなかった。というか、管理していた人も帰ったから、本当にここには俺と冬貴しかいないわけだ。

「カズ、そこに立って」

俺は言われたとおりの位置に立った。冬貴が左右に置いてあるライトをつけると、眩《まぶ》しい光が俺に向かう。

冬貴はいつもこういう場所で写真を撮られているのかと、ふと思った。この間こういう場所に立たされていたときは、冬貴の恋人でもなんでもなかったから、そんなこと考えもしなかったが、ここが冬貴の職場みたいなものだと思うと、冬貴の生活の一部が俺に流れ込んでくるような気がした。

「俺、こんな格好でいいのかな」

天堂高校の制服姿は本当にこういう場所には不似合いだった。

「なんなら、ウェディングドレスでも借りてこようか？」

冬貴は冗談を言った。

「仮装大会じゃないんだから」

想像すると、とんでもない格好が浮かんできて、思わず頭を左右に振った。

「そうだね。君に似合うのはドレスなんかじゃない。僕はそのままの君が好きだから」

そんなクサいことを真顔で言われて赤面する。

「で、どんなふうにすればいいんだ？　なんかポーズを取るとか？」

照れ隠しにそう訊くと、冬貴は俺の気持ちを見透かしたようにクスッと笑った。

「普通にしてていいよ。撮ってるうちにリラックスしてくるだろうから、それから注文をつけさせてもらおうかな」

冬貴はオフィスから持ち出してきたカメラバッグから、ずいぶん大きめのカメラを取り出した。

「本格的なカメラなんだな」

「こんなの、格好だけだよ。僕の腕前なんて、葉月より下なんだから」

それは本当かどうか判らない。なんでも器用にこなす冬貴が、たとえカメラであっても葉月より下だなんてことはないような気がする。

いや、そんなのは、いくらなんでも思い込みだろうか。冬貴がなんでもできるという妄想に、俺は取りつかれているのかもしれない。

冬貴だって、苦手なことや失敗はあるはずだ。実際、何ヵ月も付き合っているわけだから、そういう失敗談を聞いたことはある。なのに、どうしても、俺は冬貴を理想化してしまうんだ。

変だよな、こんな俺。

「何かおかしいことがあった？」

冬貴はカメラを覗きながら、俺の表情の変化を指摘した。

「いや……。俺は冬貴が好きなんだなあって……」

滅多《めった》に口にしない言葉がポロリと俺の口から飛び出してきて、一人でまた赤面する。

「嬉しいよ。僕に写真を撮られるのは嫌じゃない？」

「冬貴ならかまわない」

そうだ。冬貴なら、俺に何をしたってかまわないんだ。冬貴にだけ、その権利がある。

冬貴はシャッターを切った。ビクッとして、反射的に目をつぶってしまう。

「ごめん。今、俺……」

「何枚も撮るんだから、気にしなくていい。それに、僕はカズが目を閉じたところも好きだよ。キスするとき、いつも目を閉じるよね？　それからベッドの中でも……」

冬貴の言葉は、俺にエッチなことを思い出させた。

「カズは正直だから、思ってることがすぐに顔に出る。今、変なこと思い出した？」

「う……。いいだろ、別に……」

「いいよ。色っぽい顔になったからね」

誰が色っぽい顔だよ。いつもそう言われるたびに思うが、色っぽいのは冬貴のほうだ。こんなに綺麗な顔をして、どうして簡単に人を褒められるんだろう。大概《たいがい》の人間は冬貴の容姿より劣《おと》ると思うのに。

それとも、冬貴は口が上手いのか。でなければ、目が悪いか、趣味が悪いんだ。

雑談をしながら何枚も写真を撮られていくうちに、やっとリラックスしてくる。いくら冬貴がカメラマンでも、写真を撮られるとなると緊張するもんだな。

「カズ、眼鏡を外して」

俺は言われたとおりに眼鏡を取った。

「綺麗だ、カズ」

冬貴はそう言いながら、写真を撮る。

不意に、俺は冬貴が本職のカメラマンでなくてよかったと思った。もしプロのカメラマンなら、こんなふうに誰でも褒めるんだろうから。

冬貴の褒め言葉は、俺だけが独占したい。

どんな歯の浮くようなお世辞でも、俺以外の誰かに言ってほしくなかった。

「目を閉じて……」

まるでキスするときみたいに、冬貴が言う。

ドキドキしながら俺は目を閉じた。

「キスしたい？」

「何言ってるんだよ……」

「僕はしたいよ。君の顔を見てると、たまらなくしたくなってくる」

声が近づいてきたかと思うと、いきなり唇を塞がれていた。

「ん……」

不意打ちじゃないか。

冬貴にキスされると、身体も頭の中も何もかも蕩けそうになってくる。当然、写真どころじゃなくなるのに。

写真は……もういいんだろうか。

そう思いながらも、俺は冬貴の背中に手を回していた。

俺だって、さっきからキスしたかった。冬貴が変なことばかり言うから。いや、変なことじゃないよな。だけど、冬貴に見つめられてるだけで、俺はドキドキしてくるんだ。

しばらくキスを交わした後、冬貴はそっと唇を離した。

「さっきより、もっと色っぽい顔になった」

「こんなところで……」

「二人きりだよ。他には誰もいない」

そうかもしれないが、こんな場所でキスされて……。身体はすでに反応しかけている。どうしよう。

冬貴は俺の手から眼鏡を取り上げた。

「あ……」

「ネクタイを外して」

「えっ？」

冬貴はにっこり微笑んだ。

「もっと色っぽいところを撮りたいな」

そんなふうに言われると断れなくて、俺は言われたとおりにネクタイを外して、それも冬貴に渡した。冬貴はそれらを部屋の隅にある椅子の上に置く。

「シャツのボタンも外して」

「まさかヌード写真を撮ろうってわけじゃないよな？」

「さあ、どうかな」

冬貴は笑いながらそう言ったが、いくらなんでも、それは冗談だと思う。俺は痩《や》せすぎているし、ヌードを撮ってもなんにも面白くないだろう。

俺は言われたとおりにボタンを外した。

全部外し終わったところで、また写真が撮られる。眼鏡を外してるから、少し離れると、冬貴の表情がよく判らない。

シャツの前をはだけた格好の俺をどんな目で見ているんだろう。

本当は、みっともないと思っているんじゃないかって、心配になってくる。

「……感じてる？」

冬貴は囁くような声で尋ねてきた。

「……」

俺は答えられなかった。感じてるけど、そんなこと言えない。こんな場所でキスされて感じてるなんて。

「自分で触ってごらん」

「そんな……」

「顔しか撮らないから。もっと……君の色っぽい顔が見たい」

冬貴は俺を誘惑するような声を出した。

こんな場所で……と思いながら、俺は言われるままにズボンの上からそこに触れる。そして、硬くなりかけているそこを掌で撫でるように動かした。

「すごくいい顔になってきた」

冬貴がまた写真を撮る。いくら顔だけとはいえ、こんなことしてるところを撮られるなんて、すごく恥ずかしい。けれども、その羞恥心が俺を余計に感じさせているようだった。

手の動きが自然と激しくなる。

俺は耐え切れなくて、その場に膝をついてしまった。

「直接触ってみたら？」

「でもっ……」

「心配ない。ここには僕と君しかいないんだよ」

冬貴の言葉に、俺はまるで操り人形みたいにベルトを緩め、ズボンの中……いや、下着の中に手を差し入れた。

「ぁ……はぁ……ぁ」

EOE-1

冬貴の前で自分を慰めている。こんなこと、ベッドの中で感極まったときにしかしないのに。しかも、写真を撮られながら。

なんだか、夢の中みたいに感じる。

もちろん、これは現実だ。判ってる。でも、手が止められない。

「あ……冬貴……」

「何？」

「俺……俺……」

「君の好きなようにしていいんだよ。どうしたいの？」

俺は涙目になりながら、ファインダーを覗く冬貴を見つめた。

「冬貴にしてほしい……。こんなの、嫌だ。一人でなんて……」

カメラをかまえるのをやめて、冬貴はにっこり微笑んだ。

「一人は嫌なんだ？」

こんな場所でこんなことを言うのは、恥ずかしいと思う。だけど、止められない。俺は冬貴が放つフェロモンのようなものに捕まえられてしまったんだ。

冬貴はカメラを置いて、俺に近づいてきた。そして、その場に身を屈めると、俺にキスをしてきた。

「可愛いよ、カズ。僕も……おかしくなりそうだ」

そう言って、俺を抱きしめる。

「冬貴……っ」

俺は抱きしめられたまま、その場に寝かされた。

強いライトが目に入る。そして、冬貴の輝く金色の髪が。

見上げると、ドキドキする。

冬貴は再び唇を重ねた。俺のすべてを貪るように、冬貴のキスは激しかった。

「カズ……」

甘い声が耳元をくすぐる。冬貴は俺の首筋に唇を這わせた。

「あっ……」

首筋にキス。たったそれだけで、俺の身体は震える。冬貴の愛撫に全身で応えてしまうんだ。

冬貴は掌をゆっくりと俺の胸に這わせる。そして、突起を手探りで見つけると、指先で撫でていく。

冬貴の手も唇も、俺にとっては魔法のようなものだ。冬貴にかかると、俺は日ごろの俺とは違う人間にでもなるようだった。

吐息が喘ぎに変化する。

もう、目なんか開けていられなくて、閉じてしまう。

でも、閉じたほうが余計に感じるんだ。自分のみっともない姿が見えないから、乱れても平気になる。

冬貴の手に身を任せて、俺は足を開いた。

「綺麗だ、すごく……。ライトに照らされて、君の顔がほんのり桜色に染まって……誰よりも何よりも、僕は君に強く惹《ひ》かれる」

俺はときどき冬貴のそんな言葉を受ける資格があるだろうかと思う。冬貴が何かの間違いで、本当にそう思い込んでいたとしても、俺にはそんな価値がないのは自分でよく判っている。

だけど、冬貴がそう言うのなら……。

今だけはそう信じたい。冬貴が賞賛《しょうさん》するに値する人間なんだと。

自惚《うぬぼ》れでもなんでもいい。俺は冬貴に抱かれるにふさわしい人間でなければならなかったから。

冬貴の指が俺の中に入ってくる。優しく穏やかに俺を刺激して、やがて、身体中を沸騰《ふっとう》するほどに熱くさせていく。

「あぁ……あ……っ」

声が震える。気持ちよすぎて。

もう、ここがどこかなんてどうでもいい。

ただ、冬貴が欲しかった。

「冬貴……ぃ」

掠《かす》れた声で俺は冬貴にしがみつく。

「もういいの？」

俺は子供のように頷いた。

指が引き抜かれて、硬いものが押し当てられる。そして、それは俺の中に徐々に侵入してきた。

奥へと到達して、冬貴がふーっと息を吐く。それがまるで大仕事でもしたように聞こえて、俺は少し笑った。

「何？」

俺は目を開けた。

冬貴は優しい目で俺を見つめていた。

「うん……幸せだなって」

陳腐な言葉だけど、俺の今の気持ちはそうだった。

「じゃあ、もっと幸せにしてあげるよ」

そう言って、冬貴は俺の勃ち上がっているものに触れる。

「あ……っ」

「しっかり感じて……。僕の全部は君のものだよ」

冬貴の指が俺を刺激する。それと同時に俺の中も冬貴の動きによって刺激されていく。

「あぁ……冬貴……っ」

目を閉じて、快感の波に身を任せる。

いや、任せるだけじゃなくて、自分でも冬貴の動きに合わせて腰を揺らしていた。お互いの激しい呼吸がスタジオ内に響く。

もう……限界だ。

俺は冬貴にしがみついたまま、昇りつめていった。

ふと気づくと、冬貴が冷たいタオルで俺の顔を拭いていた。別に気を失っていたわけじゃないが、しばらく放心状態だったんだ。

「あ……」

「大丈夫？」

冬貴の優しい問いかけに俺は頷いた。

身体も綺麗に拭かれて、さっぱりする。俺は身動きするのもだるくて、人形のように冬貴にされるままになっていた。

「そのままでいいから……」

冬貴はまたカメラを手にして、俺に向けた。床に寝たままの俺にシャッターを切り続ける。

「俺、きっと今、変な顔してる……」

「変な顔じゃないよ。でも、こんなところまで撮ってる僕は変かな」

「……そうかもしれないな」

俺はちょっと笑った。

「いつも記憶に刻みつけている君を、写真に収めることができると思ったら、どの表情も逃したくなくて。さすがにしてる最中にカメラを持ち出したら、カズは怒ったと思うから」

「そりゃあ、そうだよ」

それじゃ、なんか変態っぽい。葉月ならしかねないと思うが、もし冬貴がしたら、少し幻滅《げんめつ》だったかもしれない。

いや、きっと俺は冬貴のすることなら、全部許したかもしれないな。変だと思いながらも、冬貴ならいいかって。

「何がおかしいの？」

「いや……。してる最中にカメラを持った冬貴を想像したから」

「想像しなくていいよ。いくら僕でも、そこまではしない」

冬貴は苦笑して、そう言った。

「でも、君が笑ってるときが撮れた。カズはカメラの前では笑ったりしないから、今の顔は上手く写っていたら、貴重な一枚になるかもね」

そうだ。俺はカメラの前では絶対笑えない。笑えたとしても、きっとぎこちない笑顔だから、自然に笑っている写真なら、すごくめずらしいだろう。

「誰にも見せないでくれよ」

「ああ、判ってる。僕だけの宝物だ」

宝物までにはしなくていいけどね。

俺の写真にそこまでの価値はないから。

「俺も冬貴の写真が欲しい」

「いくらだってあげるよ。……なんなら、君が撮る？」

冬貴は俺にカメラを差し出した。

「えっ……でも」

「操作はそんなにむずかしくない。僕でさえ撮れるんだから」

扱い方を冬貴に教わって、今度は冬貴が俺のいた位置に立つ。

「なんなら脱ごうか？」

冬貴は冗談を言って笑った。

ファインダーを覗くと、冬貴の顔が見られる。冬貴のモデルとしてのよそゆきの顔でないものがそこにはあった。

冬貴が俺に向かって微笑みかけている。

心臓がドキンと高鳴った。

これはもう、才能としか言えない。カメラに向かって、こんなフェロモンが漂うような表情ができるなんて。

俺は夢中でシャッターを切った。

冬貴の表情を記憶以上に留めておきたかったんだ。

どうしようもないくらい、冬貴への気持ちが高まってくる。

「冬貴……」

俺はカメラを下ろして、冬貴を見つめた。

「どうしたの？」

「俺……あの……」

もう一回したくなったなんて言いづらい。こんな場所で情熱に浮かされたようにしてしまったけど、何度もするべきじゃないと思うから。

「僕の家に行く？」

冬貴は俺の言いたいことが判ったらしい。

俺は赤面しながら、そっと頷いた。


半分発情したような身体でナビシートに乗る。

冬貴と一緒にいるときはこういう気持ちになることが多かったが、今日は例の写真撮影のせいで、余計におかしくなってしまっているようだった。

冬貴は……どうなんだろう。

こんな変なことばかり考えているのは、俺だけなんだろうか。

冬貴の車は、冬貴のつけてる香水の匂いがする。それを嗅いだだけでも、俺は冬貴に抱きしめられているような気分になって、どうにも気もそぞろだった。

「どうしたの、カズ？　やけにそわそわしているけど、本当はもう帰らなきゃいけないかな？」

「そうじゃない。ただ……香水が……」

「香水？　匂いキツイかな。自分では気づかないんだけど」

「違うっ。キツイんじゃなくて……この匂いを嗅いでると、頭がふわふわしてくるんだ。痺れたようになって……」

「エッチな気分になる？」

ズバリ言い当てられて、俺は仕方なく頷いた。

「今日の俺はおかしいんだ。さっきしたばかりなのに……」

「そういうこと、僕にもあるよ。でも、それはさっきしたかどうかなんて関係ない。身体じゃなくて、頭のほうがしたがっているんだ」

確かに、身体じゃないと思う。頭が冬貴としたがっているんだ。

冬貴を全部俺のものにしたい。身体を合わせるのは、その手段にしか過ぎなくて、本当に欲しいものはもっとある。

でも……どれだけ冬貴と会っても、どんなに一緒にいても、俺はまだ満足してなかった。もちろん、冬貴と俺は時々しか会えないから、そういう面での不満はある。ずっと冬貴と一緒にいるわけにはいかないいんだ。

だけど、それでも、今の自分の状態は変だった。

ずいぶん前に、冬貴と一緒に写真を撮られたことがあったが、あのときと似ている。冬貴の出す特別なフェロモンにやられたようになってるんだ。

俺はなんとか気分を変えようとして、軽く息を吐いた。

冬貴は信号で車を止め、俺を見る。

「困ったな。そんな顔されると、僕のほうもおかしくなりそうだよ」

「そんな顔って……」

暗くてロクに顔も見えないだろうに。

「気づいてないかもしれないけど、今のカズはエッチな気分を漂《ただよ》わせてる。そんな顔をして、絶対、人前に出たらダメだからね。危険だから」

俺は少し笑った。

俺がどんな気分を出していようが、きっと冬貴以外の誰も気にしたりしない。冬貴だけだ。俺にエッチな興味を抱くのは、冬貴だけなんだから。

「冬貴と一緒でなければ、こんな気分にならないよ」

「でも、困るよ。君はどんどん綺麗になっていく。そのうち、誰も君のことを放っておかなくなる。そうしたら、君は僕から離れていってしまうかもしれない」

どうやら冬貴は本気でそう思っているらしい。

そんなこと、絶対にあり得ないのに。離れていくなら、冬貴のほうだろう。冬貴は俺なんかをいつまで相手にしてくれるんだろうって思う。いつ離れていってもおかしくない。それなのに、変な心配をしている冬貴は変だった。

「俺は……冬貴以外とは誰とも……」

「信じていいのかな、その言葉」

「うん……。絶対」

車がまた動き始める。

絶対なんて言葉が、本当に絶対でないことなんか知っている。俺は絶対、明良を一生守るんだと自分自身にいつも誓っていたから。

人の気持ちは変わる。

でも……。

俺は冬貴に「絶対」と言いたかった。

絶対、俺は冬貴を裏切らない。冬貴以外の誰にも、乱れる自分を見せたりしない。冬貴の前だから、俺はどんな恥ずかしいことでもできるんだ。

泣いたり、喘いだり……自分からねだったり。

俺はどうしようもなく冬貴が好きなんだ。

車はやがて冬貴のマンションへと着く。エレベーターで上がるのでさえ待ち遠しいよ。ドアを開け、部屋の中に入った途端に、俺は冬貴にしがみついた。

「そんなに我慢できなかった？」

冬貴がそっと抱きしめるから、俺は冬貴の腕の中で頷いた。

「嬉しいよ……」

冬貴が俺の肩を抱いて、唇が重なる。

身体も頭の芯も痺れていく。俺はたまらなくなって、冬貴にすがりついた。

「……大丈夫？」

「大丈夫じゃない」

「ベッドに行こう。さっきはあんな硬いところで抱いて、ごめんね。背中、痛くなかった？」

俺は黙って首を横に振る。

あのときは、俺だって我慢ができなかった。あんな場所で……と思いつつも、どうしても止められなかったんだ。

俺は靴を脱いでから、冬貴に寄りかかるようにしてベッドルームへと向かった。

頭の中がふわふわしているから、雲の上でも歩いているみたいな気分だ。キングサイズのベッドに、俺は自分から腰を下ろした。

隣に冬貴が腰かける。

ふわりといい香りがしてきて、俺は冬貴に無意識のうちにもたれかかっていた。冬貴は俺の肩に手を置き、それから背中へと滑らせる。

冬貴の掌が俺の背中をゆっくりと撫でさすった。

そんな何気ない仕草にも、俺はドキドキしてくる。冬貴は今まで出会ったどんな人間とも違う。少なくとも、俺にとっては特別な人間だと思う。

それは俺の思い込みなんだろうか。

俺は眼鏡を外した。そして、冬貴の顔を見つめる。

冬貴の目がふっと細められて、微笑みかけてきた。俺は自分から冬貴にキスをする。冬貴からしてもらうだけじゃ足りない。

俺達はキスをしたままベッドに倒れこんだ。

「積極的だね」

「だって……冬貴が焦らすから」

「うん。焦らしてみた。カズが我慢できなくなるところを見たかったんだ」

ときどき、冬貴は意地悪になる。だけど、そこも好きなんだから仕方ない。とにかく、俺はとことんまで、冬貴に弱いみたいだ。

「俺はもうさっきからずっと我慢してるのに……」

「ごめんね。僕も今日はちょっと変なんだ。カズのほうから会いたいって電話をくれたし、君に恩を売れて、しかも念願の写真撮影までできた。色っぽい君を写真に収めて、すごくウキウキしてるんだよ」

それで俺を揶揄ったってところだろうか。

冬貴は微笑むと、俺の頬に手を当て、目を合わせる。

いつも優しい瞳が俺を見つめていた。

「好きだよ、カズ……」

何度も聞いたその言葉が俺の胸の中に染み透る。

冬貴の唇がそっと俺の目元に押しつけられた。その柔らかい感触にドキンと心臓が高鳴る。その仕草ひとつだけでも、冬貴が俺をどんなに大事にしてくれているか判るからだ。

冬貴は俺を慈しむように顔のあちこちにキスをした。

そして、最後に唇にキスをしてくる。

「ん……ん……」

キスをしながら、俺は冬貴の首に手を回し、うっとりと舌を絡めた。冬貴になら、何をされてもいい。

たとえば明日、冬貴がもう俺のことを嫌いになったとしても……。

冷たい仕打ちをされたとしても、俺は冬貴を恨《うら》んだりしないよ。もちろん、そんなことになったら、すごく悲しいし、落ち込むし、立ち直れないかもしれない。

けれでも、そんな別れが来ることなんて、俺は覚悟して付き合っているんだから。それくらい、俺と冬貴の立場の違いは大きい。

冬貴が何度俺に好きだと囁いても。

何度キスをしたとしても。

それは変わらないんだ……。

冬貴は俺のネクタイを解く。シャツのボタンを外し、俺のまとっているものをすべて脱がせていった。

「どうせだったらヌードも撮ればよかったかな」

脱がせた後に全身を眺める冬貴に、俺は頬が熱くなるのを感じた。

「何を言ってるんだ。こんなの撮ったって……」

「僕にとっては価値がある。カズの生まれたままの姿なんて……たまらないね」

冬貴は微笑むと、俺の胸にキスをした。

「あ……」

「ちゃんと感じるんだよ。僕は君が感じてる姿が好きなんだから」

両方の乳首に交替でキスをする。そのどちらも感じる俺としては、身体を震わせるほどつらい。

「あっ……あっ……ん」

だいたい声が裏返るほど感じるって、どうなんだろうと思う。しかも、胸で。でも、冬貴にキスをされれば、俺はどんな場所でも感じる。今はたまたまそれが胸だっただけだ。

わけの判らない理由を考えてしまい、自分で苦笑する。

本当はそんなこじつけなんて、どうでもいいんだ。俺は冬貴の施《ほどこ》してくれる愛撫を素直に受け取ればいいだけだ。それが冬貴を喜ばすことであり、俺が幸せになれることなんだから。

「あ……っ」

冬貴は俺の脇腹を撫でる。

「くすぐったい……」

「そう？　感じるんじゃないの？」

「よく判らない。本当はくすぐったいはずだけど、冬貴が触るところは全部感じるから」

冬貴はクスッと笑い声を立てた。

「髪の毛でも？」

「ああ。髪の毛でも……」

冬貴に触られれば、そこが性感帯になってしまうような気がする。

「ここは？」

下腹部にそっと触れられる。

「そこは……髪じゃない」

「そうだね。でも……感じる？」

柔らかいタッチで触れられ、腰が揺れてしまう。俺は仕方なく冬貴の質問に頷いた。

「そんな顔を赤くしなくても。カズが恥ずかしがりやなのは知っているけど……でも、そんなに恥ずかしいことかな？」

「してるほうは恥ずかしくなくても、されてるほうは恥ずかしいんだよっ」

変な話だが、直接、勃ってるところを愛撫されるのは慣れている。だが、その周囲なんて、改めて触れられることは少ないんだ。そんな場所を意味ありげに触れられることのほうが恥ずかしかった。

冬貴は何故だか嬉しそうに微笑んだ。

「カズの秘密をまたひとつ見つけた気分だな」

「別に秘密ってわけじゃ……」

「でも、そんなところ、他の誰にも見せてないだろう？」

「そりゃあ……そうだけど」

誰が俺のこんなところを触るって言うんだ。冬貴以外には触らせたことはない。

「僕は……君のどんなところでも好きだよ」

冬貴は俺の勃っている先端にキスをした。

「あっ……」

一瞬のことだけど、身体に衝撃が走る。

「可愛いな、カズ。僕は君の……何もかもが好きだよ」

「お、俺も……」

冬貴の言葉に便乗して、俺の気持ちも告げる。

冬貴はにっこりと微笑んで、俺の先端に再び口をつけようとした。

「あ……そこはもういいからっ」

「え？　嫌なの？」

冬貴は驚いたように俺の顔を見る。

「嫌なんじゃなくて……。さっき、スタジオでもしてもらったから。それは後でもいいから、もっと先に進んでほしい」

「遠慮しなくていいんだよ。僕は君を気持ちよくさせてあげるのが好きなんだから」

「でも……。俺は早く冬貴と……」

どうせ気持ちよくなるなら、二人一緒がいい。俺は自分だけ感じるより、冬貴にも感じてほしかった。

「僕と？」

冬貴は微笑んで、俺の顔を覗き込む。

その先は判っているだろうに、冬貴はわざと俺に尋ねているんだ。

「冬貴としたい……」

吐息のような声で訴えると、冬貴はかすかに笑った。

「じゃあ、遠慮なく」

冬貴は俺の足を広げると、後ろのほうに指を触れさせる。

「あ……あっ……」

焦らすようにその周囲を撫でた後、ゆっくりと指が入ってくる。いつものことだが、最初の一瞬は、身構えてしまう。痛いわけじゃないが、これは普通だったら絶対にしないことだから。

冬貴と出会って、こういう関係になったからこそ、する行為なんだ。

「はぁ……あ……」

冬貴の指が俺の中を刺激していく。

身体が熱を帯びたように次第に熱くなる。いや、さっきから熱かったが、より一層、体温が上がっているような気がした。

「冬貴……っ」

甘えるように手を伸ばすと、冬貴は俺にキスをする。

「どこが感じるの？」

「あ……」

「ここ？」

「あっ……あぁ……」

冬貴は何度も俺の唇にキスしながら、指で敏感なところを探っていく。キスだけでも簡単に盛り上がってしまう俺だから、すぐに我慢ができなくなって、冬貴にしがみつく。

「俺……もう……」

「何？」

冬貴はクスッと笑って尋ねる。

俺が何を言いたいのか、よく判っているくせに。どうして冬貴はこんなに余裕があるんだろう。というか、どうして俺はこんなに余裕がなさすぎるんだろう。

フォトスタジオで一度したわけだし、それでもこんなふうに冬貴を求めてしまうのは、どこか異常なんだろうか。

「俺、変かな？」

「ちっとも変じゃないよ」

「冬貴としたくてたまらない。身体が熱くて……どうかなってしまいそうなんだ」

「僕としたいなら変じゃないよ。僕以外の誰とでもって言うなら、困るけど」

俺は冬貴の微笑んだ顔を見つめた。

「誰とでも……なんて……」

「そう。判ってる。君は僕としかしたくないんだろう？　だったらおかしくないよ。君がそう思うのは、僕を好きでいてくれる証拠だからね」

冬貴は俺にもう一度、微笑みかけると、ゆっくりとキスをした。

そして、指を引き抜くと、代わりに自分のものを押し当てる。

「あぁ……っ」

俺の身体の中に、冬貴が入ってくる。

「カズ……！」

冬貴は俺をギュッと抱きしめた。

こんなふうに身体中を冬貴で満たされているのが、すごく嬉しい。もちろん快感のほうが先走っているが、それ以上に、冬貴に抱かれてること自体が喜びだった。

何よりも充足感がある。

そして、そんなふうに感じる自分が、俺は好きなんだ。

「動くよ」

そう予告して、冬貴は動き始める。それと同時に、俺の前の部分への刺激も開始してくれた。

「冬貴……っ」

俺はなんて幸せなんだろうと思う。

女みたいに抱かれていることがどうでもいいって思えてくる。それくらい、冬貴に愛されている

ことが嬉しかった。

誰にでも好かれている冬貴が……たくさんの女の子に憧れられている冬貴が、俺を好きだって言うんだ。こんなに綺麗で優しくて、大人でなんでもできて……そんな冬貴が俺を抱いてくれている。

「冬貴……俺っ……」

俺は冬貴のためなら、なんでもできるような気がした。

苦手なことも何もかも。

どんなことでも、俺は冬貴のためならできるんだ。

「カズ……好きだよ」

その言葉がまるで魔法の呪文のように俺の心に染《し》み渡る。

そして、俺を変えていく。

俺は冬貴にふさわしい男になれるだろうか。冬貴の横に立ってもおかしくない男になれるんだろうか。

それは判らない。今の俺は何も持たないただの高校生に過ぎないから。

でも……。

いつかは、きっと。

俺は冬貴が自信を持って人に紹介できるような男になるんだ。絶対。

「あぁ……ああっ……」

やがて、俺は冬貴の手に自分の欲望を放った。

「ねえ、カズ。文化祭っていつ？」

冬貴はベッドの中で俺にキスしながら尋ねた。

「えっ……」

俺は突然のことにどう答えていいか迷ってしまう。

「まさか文化祭に来るつもり、とか？」

遠慮がちに言った言葉に、冬貴の目が少し大きくなる。

「……僕が行くと、迷惑かな？」

「迷惑じゃない。けど……」

冬貴が俺の学校に来るところを想像してみた。

長い金髪の目立つ容姿。しかも、冬貴は顔を知られている。とにかく注目を集めるだろう。文化祭は、天堂高校の生徒だけじゃなく、父兄や他校の女の子達だって集まるんだ。

そんなふうに騒がれてる冬貴が、もし俺の前に現れたら……。

俺は冬貴の前で普段どおりに振る舞えるだろうか。いつだって、俺は冬貴の前に来ると、普通の顔をするのさえ難しいのに。

　そして、もし、誰かに冬貴との関係を聞かれたら……。

　友人だって何気なく言えるだろうか。俺には自信がなかった。以前、冬貴と付き合い始めた頃には、いつか恋人だって人に紹介できると思っていた。いや、そうしようと思っていたんだ。

　だが、現実には、明良にだって言えない。まだ冬貴のことを友人だって言い張っている。本当のところ、薄々、感づかれていることは判っているが、どうしても正直に言えなかった。

　俺がこうして冬貴に抱かれていることを、やっぱり誰にも知られたくなかったんだ。

「ごめん……無理言ったね」

　冬貴はそう言って、なだめるように俺の髪を撫でた。

「俺のほうこそ、ごめん……」

「判ってる。カズの気持ちは」

「でもっ……冬貴と付き合ってることが恥ずかしいわけじゃない。すごく好きだから……俺がそんなふうに冬貴に参っているところを誰にも知られたくないんだ」

　自分でも、勝手な言い分だと思う。付き合ってることを誰にも知られたくないなんて、冬貴にしてみれば、どんな気分だろう。

「うん。カズの考えてることは判るよ。友達にはやっぱりそういうのを知られたくないよね」

　冬貴は優しくそう言ってくれるけど、本当はどういう気持ちなんだろうか。

実は、嫌な気分なのを我慢してるのかもしれない。冬貴は石倉さんに俺を紹介してくれたのに、俺は誰にも冬貴とのことを秘密にしておきたいなんてさ。

「冬貴……」

俺はなんと言っていいか判らなくなって、冬貴に自分からキスをした。

俺は冬貴を蔑《ないがし》ろにしてるんじゃないんだって、そう伝えたくて、冬貴の口の中に舌を差し込んだ。

もちろん、こんなものでごまかそうとしてるわけじゃない。ただ、俺の気持ちを誤解されたくなかったんだ。

「嬉しいな。カズからこんなキスをしてもらえるなんて」

冬貴がいたずらっぽく笑うから、ホッとする。

「怒ってない？」

「僕はカズを怒ったりしないよ。もちろん浮気されたら怒るけどね」

「浮気なんて……」

俺がするはずがないだろう？

冬貴なら、いろんな誘惑もあるだろうが、俺にはそんなものない。というか、冬貴以上に俺を誘惑できる奴なんかいないんだ。

冬貴は俺の目の前でとろけるような笑顔を見せた。

「好きだよ、カズ……」

そうして、もう一度、キスをする。

冬貴はいつだって俺が一番欲しがっている言葉をくれるけど、ふと、こんなに甘えていてもいいんだろうかと思った。

冬貴の寛容《かんよう》なところに、俺はいつも許してもらっているみたいだ。いつか冬貴が俺のことを許さなくなったら……。

いや、今はそんなことを考えるのはよそう。こうして冬貴の腕の中にいるんだから。

俺は冬貴の胸に顔を伏せた。

自分の中で何か甘い衝動が沸き起こる。エッチしたいとかではなくて、冬貴のことが好きでたまらない気持ちになってくる。

そうだ。冬貴と付き合ってることは、恥ずかしいことでもなんでもないはずだ。もちろん世間的にはよくないことだし、そういう意味でバレるとマズイとは思う。だけど、天堂高校では、特別非難されることじゃない。

「冬貴……やっぱり、文化祭来ていいよ」

「えっ。でも、嫌なんだろう？」

「だから、嫌じゃないって。友達に知られると恥ずかしいと思ったけど……冬貴が来たからって、みんなに付き合ってますって宣伝して回るわけじゃないんだから……」

もちろん、俺は冬貴に対して普段どおりの顔ができないから、バレる確率は非常に高いんだが。

もうそれは仕方ないというか、いい加減、俺も観念したほうがいいとも思うわけだ。

冬貴は俺の額にチュッとキスをした。

「ありがとう」

それだけで、俺は冬貴に何かいいことをしたような気がして、胸の中があったかくなる。

「本当は冬貴と付き合ってるって、みんなに言いたい。俺の恋人は冬貴なんだって。だけど……」

「うん。判ってる。そんなに急ぐことはないよ。君が自然に周りにそう言えるようになるまで、僕は待つから」

俺はやっぱり冬貴に甘えているのかもしれない。でも、たぶん、いざとなったら、俺は冬貴が恋人だなんて誰にも言えやしないんだ。

「冬貴……」

俺は冬貴に背中に手を回した。すると、お返しみたいに俺を抱きしめてくれる。

ああ、冬貴と一緒にいると、すごく幸せだ。これ以上の幸せなんて、他にはないような気がしてくる。

でも、冬貴は俺の唇に軽くキスすると、抱きしめていた手を離したんだ。

「もう……カズを送っていかないとね」

「あ……」

そうだ。いつまでも、ベッドの中でイチャイチャしてるわけにもいかない。帰らないと、家族が心配するし、明日だって学校がある。もちろん冬貴も仕事があるだろうし。

本音を言えば、帰りたくない。いつまでだって、冬貴の傍にいたい。

だが……。

それは、どうしてもできないんだ。

「もう少しだけ……冬貴といたい」

そんなの、ワガママだって知っている。でも、どうしても、今は離れたくなかった。

「うん……ちょっとだけ、ね」

冬貴はそう言うと、俺の肩を引き寄せた。


翌日、俺は学校に行って、松本に衣装の調達が上手くいきそうなことを伝えた。

「やったー。澤田って意外と役に立つ奴？　なーんてね」

「誰が『意外と』なんだ？」

冗談だと判っていても、ムッとする。松本みたいにお調子者は苦手だからかもしれない。この軽いノリについていけないんだ。

「ウソ、ウソ。マジに取るなよ。澤田はホント真面目なんだからなあ」

「おまえが不真面目なだけだろう？」

そう言い返しても、松本はまったく傷つくような素振りも見せない。どうやら、松本は頑丈な神経の持ち主らしい。

「でさ、澤田。そのモデルのナントカとどうやって知り合ったんだ？」

松本は無邪気にそんなことを訊いてくる。

「……まあ、偶然に……。というか、葉月の兄さんなんだよ、そのナントカは」

心の中で、ナントカ呼ばわりしてすまないと冬貴に詫《わ》びる。しかし、松本相手に冬貴の名前を出すのは嫌だったんだ。

「葉月って誰だったっけ？」

呑気《のんき》な松本らしい発言だ。葉月は「さすが慎平くんの兄さん」なんて、松本のことを褒めていたのに（もちろん、それは俺への当てつけだったんだろうけど）。

「おまえの弟を可愛がってる奴だ」

「ああ、なるほど。葉月先輩って言ってたもんな。で、葉月ナニって言うの？」

俺は思わず溜息をついてしまった。

こいつ、本当にとことん鈍感な奴なんだな。もしかして、こいつの弟もそういう感じの奴なんだろうか。だったら、葉月と付き合っていけるのかもしれないな。

「西尾葉月」

「え……？　葉月って苗字かと思ってたよ」

どっかの女優じゃないんだから。

心の中でそう突っ込んだが、松本は大口を開けて、自分の勘違いを笑っていた。

本当にこいつを実行委員に据えてて、うちのクラスは大丈夫なんだろうかと思った。とはいえ、立候補していわけだし、こいつに任せるしかないんだろう。そして、ダメなところは、俺がフォローしてやらないと。

そう考えて、もう一度、俺は溜息をついた。


やがて、文化祭当日がやってきた。というか、土日の連続であるから、今日はその一日目ということだ。

俺達のクラスは無事にバーテンダー喫茶を開くことに成功した。いや、個人的に、このネーミングはどうかと思うんだが、松本がクラスのみんなを扇動《せんどう》して決めてしまったからな。

冬貴は土日のうち、どちらか仕事の都合がついたほうに来ると言っていた。だから、いつ現れるのか判らなくて、俺は朝からどうにも落ち着かなかった。

バーテンダー的な服装をして接客するのは、当番制で、時間が決まっているから、できれば俺が当番じゃないときに来てほしいと思ってしまう。冬貴は俺のそんな格好を見たいらしいが、俺は見られると恥ずかしいからだ。

それにしても、バーテンダー喫茶は初日から盛況だ。クラスのみんなが目当てにしている他校の女の子も来るし、校内の物好きもたくさん集まる。こういう格好だっていうだけで、普通の喫茶なんだけど、不思議としか言えない。

俺は自分の当番の時間になって、バーテンダーの衣装に着替えた。蝶ネクタイなんてするのは、生まれて初めてだ。

俺は照れながら、喫茶室になっている教室へと入って、接客を始めた。

なかなか客が多くて、外で並んで待っている客を、松本が整理している。並んでまで入るものかと思うんだが、父兄や友達関係で、チケットをあらかじめ買わされている場合もあるから仕方なく待っているのかもしれなかった。

ともかく当番中は働くしかないので、俺は次から次へと目まぐるしく働いた。少し客が少なくなってきたので、俺は教室の隅に行って一息つく。

しかし、こういうので、松本の狙いである「女の子と仲良くなりたい」という目的は、誰か果たせているんだろうか。

「一秀！」

どこか聞いたような声で名前を呼ばれる。見ると、葉月が例の一年生と一緒にテーブルに着いて、ニコニコと俺に向かって手を振っているじゃないか。

俺は名前を呼ばれたので、仕方なくオーダーを取りにそのテーブルに向かった。

「その格好、似合うね」

もちろん、そんなこと葉月に言われたって、ちっとも嬉しくはない。

「冬貴は来てないの？　君のその格好、見たら喜ぶだろうなあ」

「余計なお世話だ。チケットは？」

ニコリともせずにそう言うと、葉月は俺にコーヒーのチケット二枚を差し出した。

「ねえ、ちょうどいい機会だから、君にも紹介しておくよ。松本慎平くん。可愛いだろう？」

言わずと知れた松本の弟だが、気まぐれで可愛がっているという雰囲気があったので、まさか、そんなふうにまともに紹介されるとは思わず、俺は目を瞠った。

慎平君とやらは、俺に向かって生真面目に頭を下げた。どうやら緊張しているようだった。顔の造作自体は葉月のほうがよっぽど可愛いが、その態度に可愛げがあった。

揶揄い甲斐《がい》のあるタイプ、だな。たぶん、いつも葉月に無理難題を言われているに違いない。そう思うと、妙に同情心が湧き起こってくる。

「澤田一秀だ。よろしく」

笑顔で挨拶《あいさつ》すると、松本の弟もパッと明るく笑った。

ああ、こうしてると、なかなか可愛いじゃないか。もちろん、明良ほどではないが。

「そうそう、僕の兄の友人の一秀だよ」

葉月がまたいらぬことを横から言う。『友人』というところを強く発音したのは、きっと嫌味に違いない。

「澤田！」

いきなり松本に背中を叩かれて、振り向く。松本はニヤッと笑って、向こうのテーブルを指差した。

「ご指名だぞ」

「へっ？」

指名制……というわけでもないだろうに、どうして俺が指名されるんだろう。指名した客は別に俺の知り合いってわけでもないようだし……。

俺は松本に葉月達のチケットを渡し、そのテーブルに近づいた。いらっしゃいませの挨拶をすると、その客は顔を上げた。

短髪で整った顔立ちの若い男……あれ、どこかで会ったことがあるような気がする。どこだったかな。

「澤田君……だったよね？」

その男は俺に笑いかけた。

「あ……！　冬貴のところの……」

モデルクラブに所属していた男だ。廊下で冬貴と立ち話をしていた……。

「覚えていてくれたんだ？」

「でも、どうしてここに？　冬貴の代理とか？」

冬貴が忙しくて来られないから、代わりに俺に会いにいくようにとでも言われたんだろうか。この人と俺とは廊下ですれ違っただけで、紹介もされていないし、俺の名前なんか知るはずがないから、偶然ここに来たとは考えにくい。

あ……でも、もしそうなら、冬貴は明日も来られないということだろうか。実は冬貴にあまり来てほしくないと思っている俺だが、来られないとなると、それはそれで嫌だ。

勝手だが、そんなふうに思ってしまう。

「いや……。僕もここ出身なんで、ちょっと来てみたんだ」

「ああ、そうなんですか」

じゃあ、冬貴はここに来るんだ。ホッしながらも、それなら、どうしてこの人は俺の名前なんか知ってるんだろうかと思った。

「この間は新しく入った子かと思ったんだけど、冬貴さんの知り合いなんだね。後で、江口さんに聞いたんだよ。天堂高校に通ってて、澤田一秀って言うんだってね」

変な話だが、いつもカズ君と呼んでいる江口さんが、俺の名前をフルネームで知ってたなんて驚きだ。しかし、それにしても、どうして俺の名前なんか、この人はいちいち覚えているんだろう。

ただ廊下で会っただけなのに。

「僕の名前は岩崎浩介《いわさきこうすけ》って言うんだ」

「はあ……。岩崎さんですか」

俺はそんなふうにしか受け答えができなかった。岩崎さんが偶然ここに寄って、俺を見つけたんだとしても、わざわざ指名までして話す必要があるとは思えなかったからだ。

「あの……俺に何か用ですか？」

どうしても気になったので、訊いてみた。すると、岩崎さんはクスッと笑ったんだ。

「実はね、僕は君が気に入ったんだ」

「えっ……」

どういう意味だろう。まさか『そういう意味』じゃないだろうな。俺が冬貴の恋人だということは、恐らく江口さんは知っている。でも、江口さんだって、岩崎さんにそこまで言ってないだろう。

冬貴の恋人が男なんてさ。

「前に、冬貴さんとの写真、雑誌に載ったことあるだろう？」

「ああ、あれは……」

記念撮影だなんて撮られて、うっかり雑誌に載せられてたやつのことだろう。

「やっぱり。君を最初に見たときから、そうじゃないかって思ってたんだ」

得意そうに岩崎さんは言うと、ニッコリ微笑んだ。

「あれはいい写真だった。まるでキスしてるように見えたけど……」

「……してません」

俺は真っ赤になりながら否定した。本当はしていたが、そんなこと、言えるはずがない。あれは『そう見える』だけなんだ。断固として。

「ふーん……。君の顔は写ってなかったけど、なんだか色っぽくてさ。一度、会いたいと思っていたんだ」

「はあ……」

じゃあ、こうして会ったんだから、もういいだろうと思う。岩崎さんの目的はよく判らないが、俺としてはほとんど初対面だし、話すこともない。

「あの、チケットは？　そろそろ当番交代の時間だから……」

それは嘘だが、岩崎さんとばかり話しているわけにもいかない。俺は他に仕事があるんだし。

「ああ、引き止めて、ごめんね」

岩崎さんはチケットを差し出した。俺はそれを受け取ろうとしたら、パッと手を握られた。

えっ……。

俺は一瞬どうしていいか判らなくて、固まってしまった。

「ね、この後、時間ある？」

「いえ、俺は……」

「僕がこれを持っていても？」

岩崎さんはするりと上着のポケットから、一枚の写真を取り出した。

「それは……！」

俺の写真だった。たぶん、この間、スタジオで冬貴が撮ったやつだ。誰にも見せないはずのものが、どうして岩崎さんの手にあるんだ。

俺はすっかり混乱していた。

写真にマズイものが写っているわけじゃない。だが、そこに写っている俺の表情は普段の俺とはまったく違っていた。

切なそうに細められている目が、冬貴を求めている。プロのモデルでもない俺がこんな表情を作れるはずもないから、素の表情ということだ。

「すごいよ、君。悩殺って感じ。色っぽ過ぎてクラクラくるよ」

「どうして、これを……？」

「冬貴さんが写真をデスクに入れてるのをちらっと見てしまって。ちょっとね」

勝手に拝借してきたってことか。誰にも見せないって言ったんだから、冬貴も無防備にオフィスでこんなものを見たりするなよ。

俺はなんだか情けなくなってしまった。

「へぇ、一秀の写真？　冬貴が撮ったんだ？」

俺の横にいつの間にか葉月がいて、写真を覗き込もうとしていた。

「馬鹿！　見るな！」

俺は思わず写真を手で隠した。

「なんだよ、一秀」

葉月は不服そうにしていたが、こいつだけには絶対に見られたくないんだ。

「どうする、カズ君」

いつの間にか、俺はポケットに写真を戻した岩崎さんからカズ君と呼ばれていた。馴《な》れ馴れしく呼ぶなと言いたいところだが、写真を握られていると弱い。

「……判りました。その代わり、その写真は……」

「ああ、判ってる。これから言うところに来てくれれば、ちゃんと返すよ」

なんで俺がこんな脅迫まがいの手に乗らないといけないんだろう。だけど、別にこの後、この男に付き合ったからって、何かされるわけでもないし……何かされるようなら抵抗すればいいだけのことだから。

だいたい、俺が冬貴以外の誰かに興味を持たれるなんて、ピンと来ない。きっと、こいつは何か勘違いしてるんだろう。

俺は溜息をつきながら、改めて岩崎さんの手からチケットを受け取った。

俺は当番が終わった後、精一杯グズグズしながら着替えて、文化祭でにぎわう学校を後にした。

岩崎さんは天堂高校の生徒があまり行かないような駅前の喫茶店を指定していた。一体、どういうつもりなのか判らないが、とにかく俺は弱みを握られているので、緊張しながら喫茶店のドアを開いた。

店の中にあまりお客さんはいない。岩崎さんは奥のほうの席で、煙草を吸いながら雑誌を読んでいたが、俺が傍に行くと顔を上げた。

「ああ、カズ君。そこに座りなよ」

「はい……」

俺は座って、相手の顔を見つめた。

「写真、返してください」

「まだだよ。僕の質問に答えてくれなきゃ」

「そんな約束してません」

「じゃ、今から約束するよ。質問に答えてくれれば、返してあげる」

そんな都合のいい約束ってあるだろうか。そういうふうに軽く言われると、いつまで経っても、岩崎さんは写真を返してくれないかもしれない。

店の人が、俺の前に水の入ったグラスとメニューを置いてくれる。

「カズ君、何でも頼んでいいよ。ここは奢《おご》るから」

俺は無理やりここに来させられたわけだけど、そんなふうに奢られる筋合いはない。だから、岩崎さんがなんと言おうと、自分で払うつもりだ。

店の人にコーヒーを頼むと、また岩崎さんに向き直った。岩崎さんは何故だか俺の顔を見て、クスッと笑う。

「じゃ、質問その一」

岩崎さんは俺が約束を承諾しようがしまいが、関係ないみたいだった。

「君は冬貴さんとどういう関係？」

「江口さんに俺のこと聞いたんじゃないんですか？」

「うーん。知り合いとしか教えてくれなくってね」

「じゃあ、そのとおりです。ただの知り合いですから」

恋人なんて口が裂《さ》けても言えない。だって、あの写真だけで俺を脅迫する人に、冬貴の恋人だなんて知られたら大変だ。俺じゃなくて、冬貴の立場が悪くなると思うんだ。

俺はまだ岩崎さんという人がよく判らないけど、もし金でも要求してこられたら……。

思わず、俺は岩崎さんの顔を睨んだ。

「怖い顔しないでほしいな。君はああいう色っぽい顔が似合うのに」

「冗談じゃない」

あんな惚《ほう》けたような顔……冬貴にしか見せる気はない。

「ただの知り合いとは思えないけど……まあ、知り合いだって言うなら、そっちのほうが好都合かな。カズ君、僕は君と付き合いたい」

「つ、付き合いたいって……」

まさか、『そういう意味』で？

俺は意外なことを聞いたような気がして、ポカンと口を開けてしまったくらいだ。

「もちろん、君の恋人候補になりたいって言ってるんだよ」

俺の驚いた顔に向かって、岩崎さんは微笑んだ。

「……物好きですね。俺なんかと付き合ったって……」

岩崎さんはモデルなだけあって、女の子にモテそうな顔をしている。いくら天堂高校出身でも、卒業してからは女と恋愛するのが普通だっていうのに、わざわざ俺なんかと付き合いたいなんて、何を考えてるんだろう。

「君は自分のことをよく判ってないんだ。あの冬貴さんだって、君を見初めているんだろう？」

「そういうわけじゃ……」

どう答えていいか判らない。この場合、いっそのこと、冬貴が恋人だって言ったほうがいいんだろうか。

でも……。

俺はどう言って断ったらいいのか判らなかった。そもそも、付き合ってくれなんて言われたのは初めてだ。

こんな状況でなければ、少しは喜べたのに。いや、そんなことを考えている場合じゃないか。相手は俺の写真を切り札に使っているわけだが、それをどうにかして取り返せれば……。

「とにかく、こういうのはフェアじゃないから。写真を返してくれたら考えます」

「判った。じゃ、返すよ」

あっさりと岩崎さんはポケットから写真を取り出して、俺に渡した。

チラッと見て、例の写真だということを確認する。こんな恥ずかしい写真がよく知らない他人の手に渡っていたなんてゾッとする。

「まあ、今時、そんな写真の一枚や二枚、簡単に複製できるけどね」

「えっ……」

「パソコンに取り込んであるんだ。いつだって再生できる」

「そんな……」

そこまでする必要がどこにあると言うんだろう。俺なんかと付き合っても本当に仕方ないと思うし、ひょっとしたら、冬貴を陥《おとしい》れたいとか……。

いや、別に俺だけの写真なんだから、それを冬貴が持っていたって、そんなにおかしくはない。それで、俺と冬貴の関係がバレるわけでもなく、冬貴を陥れるのは無理だ。

「そんなに深刻そうな顔しなくてもいいじゃない。そんな変な写真じゃないんだから。僕は純粋にその写真に写ってる君が気に入ってるから、保存しているだけなんだ」

「その写真に写ってる俺は……普段の俺じゃない」

「そうみたいだね。僕としては、君がこういう表情をする場面を見たいんだけど……ダメかな？」

ダメ。というより、不可能だ。俺は冬貴の前でしか、こんな表情はできない。そして、それを他の誰かに見せるなんてことはあり得ない。

「俺はあなたと付き合う気なんてありません」

「うーん……どうして？　こう見えても、僕はナンパして振られたことってないんだよね」

それは、いつもこんなふうに強引な手を使うからだろう。もしくは、すごく自意識過剰で、フラれたことに気づいてないとかね。

「じゃあ……振られない相手と付き合えばいい。俺は帰る！」

立ち上がろうとしたら、手を握られた。

「そんなに怒らないで」

「離せ！」

手を振り払おうとしたら、スッと横から別の手が伸びてきて、テーブルの上の水の入ったグラスを掴んだ。と思うと、その手はグラスの中身を岩崎さんの頭の上にぶちまけた。

「何するんだっ！」

岩崎さんは……そして俺も、その手の持ち主を見上げた。

そこには、冷たい目で岩崎さんを睨みつける冬貴がいた。

「冬貴……！」

一体、どうしてここに冬貴がいるんだ。

別に浮気をしていたわけじゃないが、岩崎さんとこんな場所にいることで冬貴が変な誤解したんじゃないかと、俺は一瞬ヒヤリとした。

「葉月に聞いたんだ。君が写真で脅迫《きょうはく》されたみたいに、ここに呼び出されてるって」

なるほど。たまには葉月も役に立つことがあるわけだ。いつもは葉月を苦手とする俺も、今だけは感謝する気持ちが少しだけ芽生えた。

「冬貴さん、僕は……」

「少し頭を冷やすといい。僕が大事にしている写真を勝手に持ち出して……カズが僕にとって、どういう存在か、気づかなかったなんて、まさか言わないだろうね？」

岩崎さんは反論しようとしたが、そのまま黙ってうなだれてしまった。短い髪から雫が落ちていく。冬貴はハンカチを岩崎さんに差し出した。

「カズに近づかないでほしい。理由は……判ってるね？　カズは君の遊びの相手にはならない」

「はい……すみませんでしたっ」

岩崎さんは頭を下げて、冬貴からハンカチを受け取ると、逃げるようにその場を去っていった。

「カズ、おいで」

冬貴は俺の腕を掴むと、立ち上がらせた。

「あのー……」

コーヒーをトレイに載せたウェイトレスが困った顔で立っていた。彼女に冬貴はにっこりと微笑みかけると、財布を出して札を握らせた。

「迷惑かけて、すみません」


冬貴は外に出ると、黙って駐車場に向かう。腕は痛いほど強く掴まれたままだ。

俺はそれほどまでに怒りを露にしている冬貴を見たことがなくて、驚いていたが、それ以上に怖くなってしまった。

「冬貴……！」

声をかけても振り向かない。

誤解されてなかったと思ったのに、やっぱり冬貴は岩崎さんと二人でいたことを変なふうに解釈《かいしゃく》していたんだろうか。

「乗って！」

冬貴にそう言われて、仕方なくいつものようにナビシートに乗り込む。だが、こんな気分でこの車に乗ったのは初めてだった。

いつだって、冬貴はオレに優しくしてくれたのに。

そんなに俺と岩崎さんが喫茶店にいたことを、冬貴は腹立たしく思ったんだろうか。

もし、冬貴と俺の立場が反対だったら……。

冬貴が岩崎さんとああいう場所で談笑していたら、どうだろう。その場合、俺には仕事の話をしているようにしか見えないと思うが、もし二人が仕事の関係なんかなかったら……。

やっぱり嫌な気分になるかもしれない。俺の冬貴なのにって。

「ごめん、冬貴！」

俺は冬貴が車をスタートさせる前にそう言った。

「ごめんって……。君は僕に何か謝るようなことをしたの？」

冬貴はとがめるような声音で俺に尋ねた。

「してないと思うけど……。でも、一方的にでも会う約束をさせられて、出向いていったのは俺だから」

冬貴はふーっと溜息をつくと、ハンドルにもたれかかった。

「カズは悪くない。写真を鍵もかけてないデスクの中に入れておくなんて、うかつなことをした僕が悪いんだ」

「えっ、じゃあ、冬貴は俺に怒ってたわけじゃないのか？」

冬貴は顔を上げると、俺に微笑みかけた。

「ああいう状況で、僕がカズを怒るはずがないだろう？　君はあいつに半《なか》ば脅迫されていたわけだから」

「でも、冬貴がそんなに怒るのを初めて見たから」

「ごめん。僕は自分に腹を立てていたんだ。葉月が知らせてくれなかったら、君はあの子に何かされていたかもしれない」

「いや、いくらなんでもそこまでは……。俺だって、そんな隙《すき》を与える気はない」

「君はそうでも、あの子はわりと遊んでいるからね。はずみでキスされてからじゃ、遅いだろう？」

もちろん俺は冬貴以外の誰ともキスしようと思わないが、はずみでされたからといって、泣き寝入りするような性格はしていない。

そもそも、あの喫茶店で話すことになったのも、葉月が写真を覗き込もうとしたからだ。そう思うと、さっきは感謝していた葉月が憎らしくなってくる。

「なんにしても、冬貴が来てくれたのは助かったよ。写真は返してもらったけど、パソコンで複製できるって言うから困っていたんだ」

俺は気分を変えるように言った。

「パソコンに？　それは厳重に抗議しておかなくちゃ」

冬貴の眉がまたキュッと寄せられた。

結局、冬貴は俺が大事らしい。

「よかった。どうしたら冬貴の機嫌が直るんだろうかと思ったよ」

冬貴はクスッと笑った。

「そんなの簡単だ。カズがキスしてくれればいい」

ああ、いつもの冬貴だ。たとえ俺に対して怒ったわけでなくても、機嫌の悪い冬貴を間近で見ているのは怖かった。

そりゃあ、冬貴だって人間だから、怒ることもあるだろう。だが、俺の前ではそういうところを冬貴は見せてこなかったから。

「僕はカズが思っているより、ずっと心の狭い人間なんだ」

「そうは見えないよ」

「見えなくても、ね。でも、想像はつくだろう？　一旦《いったん》怒ると、ああいう場所で人の頭に水をかけてしまう奴なんだよ、僕は」

あれには俺もビックリした。冬貴がそういうことをするとは思わなかったからだ。

だけど、ただ優しいだけの冬貴なんて、そんなのは変だ。冬貴は今まで俺に自分の一面しか見せてこなかったんだろう。

冬貴は、俺が知っているより、もっと人間的な面だってあるはずだ。

「俺のこと……冬貴は信用してないのかな？」

「そんなことないよ！　僕はカズのこと信じてるよ」

「じゃあ、冬貴のもっといろんなところを見たい。優しいところや笑ってるところだけじゃなくて、もっと……」

「うん……そうだね」

冬貴は俺の手を握った。

「僕だって、いつまでも優しいお兄さんなところばかり、カズに見せてるわけにはいかないよね」

そう言いながらも、冬貴は俺には甘い笑顔を見せた。

「ねえ、カズ。これからどうする？　学校に戻る？　君がバーテンダーみたいな格好しているところを見たいな」

「あ、もう今日の当番の時間、終わったんだけど」

そういえば、冬貴に当番の時間を教えていなかったことを思い出した。

「なんだ……。ガッカリだな」

「そんなに見たかったのか？　見たって、どうってことないものだぞ？」

「僕は見たいよ。恋人の晴れ姿だからね」

あれは晴れ姿なんだろうか……。自分の格好を思い出して、首をひねる。

「明日は来られる？」

「なんとしてでも行くよ。君の当番の時間にね」

そう言って、冬貴は素早くキスをした。

ここはまだ駐車場なのに。周りに人がいないとはいえ、大胆なことをする。

「ところで、冬貴。葉月に呼び出されたらしいけど、仕事中だったんじゃないのか？」

「ああ、ちょうどこっちに向かう途中だったんだ。そういえば、葉月のクラスは何をしてるんだろうね？」

「さあ……」

身内の冬貴が知らないことを、葉月に興味のない俺が知るはずもなかった。


それから、俺と冬貴は海辺へとドライブに出かけた。

夏は海水浴場となっているところだが、さすがに十一月ともなると、風が強くて寒い。近くの駐車場に車を停め、俺達は浜辺へと向かった。

「人、いないな」

風が強いこんな日にこんな場所に来るのは、俺達くらいだろうか。

「寒い？」

冬貴は俺の肩に手を回した。いつもなら、冬貴も外でこんな真似はしないが、やはり人がいないからなんだろう。

「少し、ね」

俺も冬貴にちょっとだけもたれかかる。

もちろん、誰かが現れる可能性もあるから、油断はできないが、今のところ二人しかいない。二人の世界……と言うには、広すぎるかもしれないけど、俺はそんな気分になってきていた。

砂浜に足跡をつけながら、俺と冬貴は散歩をする。寄せては返す波の音がまるでBGMみたいに響いて、まるでドラマの中の恋人同士みたいだなんて、変なことを考えてしまった。

「冬貴は……もし、俺が浮気したら、どうするんだろう？」

俺はさっきの喫茶店でのことを思い出しながら、尋ねてみた。

浮気でもなんでもなくても、冬貴の目はすごく冷たくなっていた。あれは俺に向けられたものではなかったが、本当に浮気したら、あんなふうに冷たく見られるんだろうか。

「絶望するかもね」

「え？　怒るんじゃないのか？」

「そりゃあ、怒らないと言えば嘘になる。だけど、カズを怒るより、カズをつなぎとめておけなかった自分が悪いと思うんじゃないかな」

そんなものだろうか。普通、浮気はしたほうが悪いと思うんだが。

「でも、きっとカズは浮気できないね」

「うん……」

俺はこんなに冬貴にメロメロに参っているんだ。浮気なんてするはずがない。

「いや、そうじゃなくて。カズは浮気なんて器用な真似はできないと思う。もし僕以外の誰かとこんなふうにデートするなら……それはきっと浮気じゃなくて本気だよ」

そんなふうに言う声が妙に淋しげに聞こえて、俺は思わず冬貴の腕を掴んだ。

「俺は絶対、本気にもならない。もちろん浮気もしない！」

冬貴はクスッと笑う。

「うん。カズはそう言うと思った。でもね、君はまだ高校生だ。これからきっと、いろんな人と出会っていく。そうしたら、僕より好きになる人ができてもおかしくはないんだ」

「そんなことない！」

俺は穏やかに話す冬貴の横顔に向かって、そう言った。

「冬貴以上に好きな人なんて……絶対できない」

「絶対なんて言葉は、それこそ絶対じゃない。今の君はそう思うかもしれないけど、時が経てば、考え方だって、好みだって変わっていく。君はその変化が一番激しい年頃だから……」

「嫌だ！　そんなの……」

俺の声は震えていた。

こんなたとえ話で泣くなんて、自分でもおかしいと思う。だけど、俺のこれからのことを、そんなふうに何もかも判ったように言う冬貴が悲しかった。

今、「絶対」という俺の気持ちも判ってほしい。俺が何も判らない子供で、駄々をこねるように「絶対」と言っているわけじゃないんだ。

「ごめん。カズを泣かせるつもりじゃなかった。ただ……もしカズに僕以外に好きな人ができても、仕方がないことなんだって、僕はいつも考えるようにしてるんだ」

俺はうつむいて首を横に振った。

頬を伝っていた涙が弾みで落ち、そして、風に飛ばされていく。

「俺は……ずっと明良が好きだった。明良に恋人ができても、それは変わらなかった。今だって、愛情の種類が変わったかもしれないけど、明良のことは大好きだし、すごく大事に思っている」

冬貴の腕は俺の肩を包んだ。

「うん……そうだね」

「冬貴は明良と同じくらいに……初めて好きになった人だ。俺はしつこいんだよ。明良のことだって、もう十数年、想い続けていたんだ。それに、俺は片思いのつらさも知ってるから……」

俺は冬貴の背中に手を回して、ギュッと上着を掴んだ。

「だから……ずっと冬貴のことが好きだと思う。他の誰かを好きになって、冬貴につらい思いなんて、させたくない」

冬貴は立ち止まり、俺の肩に手を置いた。

目と目が合う。俺の顔は泣き顔だから、本当はこんなふうに見られたくなかったけど、これは大事なことだ。

「俺の言うこと、信じてほしい」

高校生の思い込みだって、馬鹿にしないでほしいんだ。俺は本気だし、その本気を本当にしたいって思っているんだから。

「……ありがとう、カズ」

冬貴の顔が近づいてくる。

そっと目を閉じると、キスをされた。

一瞬、波の音が途切れる。いや、本当に途切れたわけじゃないが、俺の耳には聞こえなかったんだ。

冬貴への想いで胸がいっぱいになって。

目を開けたら、冬貴は微笑んで、風になびく金髪をかき上げた。

「ごめんね。こんなところで。でも、どうしても我慢できなかった。カズがあんまり可愛いことを言ってくれるから」

冬貴の指が俺の頬をなぞって、涙を拭き取っていく。

「ハンカチ、あの子に渡さなきゃよかった。ここで格好よく拭いてあげられたのに」

俺は思わず噴き出した。

「拭いてもらわなくても、俺は平気だ。子供じゃないんだから」

「拭いてあげたいんだよ、僕は」

冬貴はそう言うと、もう一度、今度は頬にキスをする。

「あ……何度もキスされると……」

「……したくなってくる？」

冬貴は笑い混じりの声で訊いた。

判っているなら、しなきゃいいのに。

「だいたいさ。俺のことばっかり言うけど、冬貴のほうはどうなんだ？」

「どうって？」

「冬貴が浮気……というか、俺以上に好きな人ができたら……」

「できないよ、絶対」

俺は呆れて冬貴の長い髪の毛を引っ張った。

「絶対って言葉は絶対じゃないって、自分で言ったばかりじゃないか」

「誓ってもいい。僕は一生、君を好きであり続ける」

「一生だなんて……大げさだな」

冬貴はふっと笑った。

「本気だよ。でも、カズはそれでいいのかな。僕に一生つきまとわれるんだよ？」

それじゃ、まるで冬貴がストーカーみたいじゃないか。こんな美形のストーカーなんているのかな。いや、ストーカーは顔で決まるものじゃないだろうけど。

「一生なんて、俺にはピンと来ない。でも、俺は冬貴とずっと一緒にいたいって思う」

「うん……」

冬貴はにっこり微笑んで、俺の手を両手で包み込むように握った。

「君の言うこと、信じるよ」

そう言った冬貴の顔はとても輝いて見える。

相変わらず風は強かったけど、俺はもう寒さなんて感じなかった。ただ、冬貴への想いが胸に熱く渦巻く。

俺の目から別の意味での涙が再び零れ落ちていった。


「さすがに海辺は寒かったね。カズ、風呂に入ろうか？」

ドライブの後、いつものように冬貴のマンションに行くと、いきなりそう言われる。

確かに海辺は寒かったものの、ずっと車に乗っていたから、今はそれほどでもない。だけど、冬貴と一緒に風呂に入るのは久しぶりで、想像しただけで興奮気味になってくる。

「そうだな。寒かったし……」

俺は言い訳のようにそう付け足した。

冬貴はバスルームに行き、浴槽に湯を溜め始める。そして、その間にキッチンでコーヒーを淹れてくれた。

「はい、熱いから気をつけて」

ソファに座る俺に、冬貴はカップを渡すとそう言った。

冬貴は俺専用にマグカップを買ってくれて……しかも、それは冬貴とお揃いなんだ。そういえば、俺がここに泊まったときのために(泊まることはほとんどないんだが)、歯ブラシやパジャマまで用意してくれている。

よく考えると、これって、かなり恥ずかしいことじゃないだろうか。いや、恥ずかしいと言ってしまっては、なんだか申し訳ないけど、やっぱり照れてしまう。

俺はコーヒーを一口飲んだ。胃の中に熱い液体が流れ込むのを感じて、やっぱり俺の身体は冷えていたんだと改めて思う。

冬貴は自分のカップを持って、俺の隣に腰かけた。

小さなことだけど、こうやって俺の隣に冬貴がいてくれるのは嬉しい。日頃、あまり会えないから、たまに会えると、とことん甘えたくなってきて、自分でもそんな気持ちを持て余してしまうほどだ。

俺は冬貴の肩にもたれかかった。

「どうしたの?」

「ん……別になんでもない」

ただ冬貴の肩にもたれたいだけなんだ。

二人で黙って、こうしてコーヒーを飲むだけで幸せを感じる。俺は不思議なほどに冬貴に自分を預けていた。

俺は元々、神経質だし、人に対してすごく構えている。他人である誰かに甘えるなんて、今まで考えたこともなかった。

でも……。

俺は冬貴になら安心して甘えることができる。それは冬貴が俺にいつも好きだと言ってくれるから、だろうか。その言葉を俺が信じてるからだろうか。

いや、それよりも何よりも、冬貴は俺をリラックスさせてくれる雰囲気を持っている。大きな心で包んでくれて、俺に愛情を注いでくれるからだ。

あの海辺で話したことが、ふと頭を過《よ》ぎる。

冬貴は俺の気持ちが変わるかもしれないと言った。だけど、俺は思うんだ。こんな安らぎを一度手にしてしまったら、手放すことなんてできないって。

もっと冬貴に甘やかされたい。

そして、冬貴をもっと好きになりたい。身も心も、すべて冬貴のものにしてもらいたい。

俺は確かな強い愛情が、自分の内にあるのを確信した。

だから……俺は冬貴をずっと好きであり続けるんだ。

「カズ……」

冬貴の声に顔を上げると、カップが取り上げられる。

肩を引き寄せられ、唇が重なった。

コーヒーの味がする……なんて、つまんないことが頭を過ぎる。何味だろうが、本当は構わない。

俺は冬貴とキスをするのが好きだから。

冬貴の長い髪が頬に触れた。香水の香りが俺を包んで、たちまち淫《みだ》らな気分にさせていく。たかが、キス、なのに。

冬貴にキスされると、それだけで、俺はもう……。

唇が離れたが、俺は身体の力が抜けてしまったようにソファにもたれかかった。

「ごめん。我慢できなくて」

冬貴はそう言いながら、俺の唇を指でなぞった。

こんなふうにキスされると、俺のほうも我慢できなくなるのを、冬貴は知っているはずだ。自分で風呂に入ろうなんて言い出したくせに。

俺はちょっと笑った。

「……いいよ。風呂より冬貴と抱き合ってるほうが好きだ」

「うん。僕もそうだよ」

冬貴の手がそっと俺の眼鏡を外す。

そして、再び唇が重なった。さっきは少し遠慮がちなキスだったけど、今度は違う。舌を絡めて、俺の身体をギュッと抱きしめる。

「ん……んっ……」

俺も夢中で冬貴と舌を絡め合った。

徐々に身体が傾いていって、クッションに身体が押しつけられる。そして、その状態のまま、俺達は長いことキスしていた。

「……ここでいい？」

「うん……」

本当はベッドのほうが楽にできる。だけど、なんだかもう身体が燃え上がってしまって、移動するのも億劫《おっくう》だった。

このまま冬貴に抱かれてしまいたい……。

それはきっと、冬貴の側も同じなんだろう。

冬貴の手がネクタイを取っていく。シャツのボタンを外され、胸が露《あらわ》にされた。

「君がバーテンダーみたいな格好しているところを、僕は誰にも見せたくないな……」

「そんなこと言ったって……」

文化祭でなければ、俺だって、あんな格好はしていない。

「もちろん判ってる。でもね、カズのすべては僕のものだって勝手に思い込んでいるものだからね。君のイイところを誰にも知られたくないんだ」

イイところって、長所のことだろうか。それがあの格好とどうつながるのか、俺には理解できなかった。

「俺を見て、可愛いだのなんだのって思うのは、本当に冬貴だけに決まっているのに」

「岩崎君も……だったろう?」

「それはそうだけど……きっと、あの人は目が悪いんだ」

そう言うと、冬貴はクスッと笑った。

「そうかな。僕にはすごくまともなことに思える。あの写真を見たら、誰だって、君のこと……」

冬貴は胸を掌で撫で回し、片方の乳首にキスをした。

「あ……っ……」

「君がそんな声を出したら、僕はゾクゾクしてくる」

俺にとっては変な声でしかないのに?

でも、冬貴にそう言われたら、どんな声でも普通に出せるような気がした。俺はずっとこういうときに出てしまう声が恥ずかしかったんだ。

「大好きだ……カズ」

冬貴は俺の素肌を撫でつつ、キスを繰り返す。愛撫に身を任せながら、俺は冬貴の髪に触れた。こんな色にしているくせにサラサラの手触りで、かつて冬貴がシャンプーのCMに出ていたことを、ふと思い出す。

あの頃は……冬貴がたまにテレビで出ているのを見るのが、とてもつらかった。冬貴と出会ったばかりで、俺の気持ちが冬貴にあるなんて判らなくて……心ない言葉を投げつけた上に「もう俺の前に現れるな」なんて言ってしまったんだ。

もちろん、それから自分の気持ちに気づいて、死ぬほど後悔した。ちょうどその頃に、冬貴の出ていたＣＭが頻繁《ひんぱん》に流れていて、その度に、俺は落ち込み続けたんだ。

あのときの苦しみを思い出すと、こうして冬貴と抱き合うことができるのは、本当に幸せだと思えてくる。

「冬貴……っ」

俺は冬貴の髪を撫でながら、名前を呼んだ。

「何？」

「早く……してくれよ……」

冬貴は顔を上げて、にっこり微笑む。

「何をしてほしいの？」

当然、冬貴は俺が何を言いたいのか、よく判ってるんだ。指先でズボンの上から股間を撫でながら、ふっと笑った。

「我慢できないんだ……。早く冬貴が欲しい」

「そんなに我慢できない？」

「うん……」

早くしっかりと抱き合って、冬貴が本当に自分の恋人だって確信したい。別れていたときのことを思い出しただけなのに、俺はそんな気分になっていた。

まさか、これが夢だなんてことは……ないよな。

あの頃、俺は何度も冬貴の夢を見た。夢の中で再会して、仲直りまでして……。すごく幸せなのに、目が覚めたら、それは現実のことじゃないんだ。

これは……現実だよな。現実の冬貴、だよな。

冬貴は俺のズボンと下着を下ろすと、あちこちにキスをしまくった。太腿や内腿、もちろん股間にも冬貴のキスは施される。

そして、足を開いて、その中央の奥まったところにある部分にも。

「あっ……あっ……冬貴っ」

指が差し込まれる。その途端、俺の身体はまるで痙攣《けいれん》するように震えた。

冬貴が俺の中を探《さぐ》っているんだ。それから、俺の一番感じる部分を探し当てる。

ひとりでに腰が揺れた。まるで、もっと中をかき回してほしいとでも言うように。

「っ……」

「ココ、かな」

冬貴は俺の反応に気をよくしたみたいにその部分を刺激した。

身体がガクンガクンと大げさに揺れる。どうやら、俺はかなり盛り上がってしまっているようだった。

「冬貴っ……」

「我慢できない？」

俺は必死で頭を縦に振る。

目に涙が滲んできた。あまりの気持ちよさに。

冬貴は俺の腰を抱え上げて、ぐっと自分の身体を押し進める。

「あっ……あ……」

狭いソファの上で、俺は冬貴にしがみつく。

現実だよ、これは……。本当に冬貴は俺の恋人なんだ。

身体の中に確かな感触がある。そして、しがみつく身体に、サラサラとした長い髪。

「冬貴……冬貴……っ」

股間の硬くなっているものに手が添《そ》えられる。

「あっ……ん」

「好きだよ、カズ……」

冬貴は甘い言葉を囁きながら、そこを刺激した。そして、同時に俺の内部も刺激していくんだ。

俺……すごく幸せだ。

冬貴が俺を抱いてくれている。誰よりも好きだって言ってくれている。

それから。それから……。

俺の身体の奥深くまで、冬貴がいる。

頭からつま先まで全身を痺れるような幸福感が包んでいく。冬貴が限界に来たとき、俺はそのまま冬貴の手の中に欲望を解き放った。


しばらく俺は冬貴とそうして抱き合っていた。何度もキスしながら、しっかりとお互いの存在を確かめ合う。

「そろそろ、風呂に入ろうか」

「え……？」

湯が浴槽に入ったというお知らせのブザーが鳴るはずだが、まだ鳴ってないような気がする。

「ブザー、鳴ったよ。君は夢中で気づかなかったんだね」

冬貴は俺から身体を離しながら、そう言って、もう一度、俺の唇に軽くキスをした。

俺は身体を起こして、ほとんど脱げかかっていたシャツを脱ぎ捨てる。身体にさっきの残滓《ざんし》がついているからだ。

バスルームに行き、身体の汚れを落とすと、冬貴と浴槽に入る。

ほどよい温度で、俺は思わず深い息をついた。

「風呂に入ってあったまろうと言っていたのに、別のことであったまってしまったね」

冬貴はそう言うと、俺の肩を抱き寄せる。

といっても、そんなに浴槽も広くないので、身体は元々くっついているわけなんだが。

「でも、こうして冬貴と一緒に風呂に入るのは好きだ」

「うん。僕も同じだよ」

冬貴は俺の頬に音を立ててキスをする。

俺としては、風呂じゃなくても、冬貴と一緒にいれば幸せなんだ。たとえば、俺の隣に冬貴がいてくれるだけで嬉しい。いや、同じ車に乗っているだけでも……顔を見るだけでも……いや、声を聞くだけでもとても嬉しいんだ。

俺はどこまで冬貴のことが好きになるんだろう。

時々、怖くなる。こんなに強くのめり込むように誰かを好きになったのは初めてだから。だけど、それでも、こんなふうに胸が熱くなるほどの気持ちを知らずに過ごすよりは、ずっとよかったと思う。

そうだ。俺は……。

「俺……冬貴のことを好きになってよかった」

「……急にどうしたんだい?」

冬貴は甘い声で優しく尋ねた。

「変かな。でも、本当にそう思ったんだ。冬貴と出会わなければ、俺はずっと明良のことを引きずってて、暗く過ごしてたんだろうなあって……」

「今は明良君より僕が好き？」

そう言われると、少し困る。明良と冬貴、どっちが好きなんて比べられない。好きの種類は違っていても、どっちも好きなんだ。

「明良は兄弟として大事に思っているから……」

「ごめんね。変な質問をして。君の目が今、どこを向いているかぐらいは知っているよ。だけど、たまに意地悪したくなってくるんだ」

「冬貴が……意地悪したくなってくる？」

冗談を言ってるのかと思ったけど、冬貴は真面目だった。

「僕のこと、明良君には伝えてないだろう？」

「あ……」

俺はうつむいた。

冬貴のことをどんな好きだと言っても、かつて好きだった相手に、恋人ができたことを告げてないなんて、それじゃ、明良にまだ未練《みれん》があるみたいじゃないか。

「俺は……そういうつもりじゃなくて……」

「うん。判ってる。君が言えないのは、単に恥ずかしいからだよね。男として……抱かれる側にいることを知られたくないんだ」

俺はうつむいたまま、冬貴の言葉に頷いた。

こんなに好きだと言ってくれる冬貴に、申し訳ない気がした。本当なら、明良にだけは告げておかなければいけないことだ。

それは充分判ってる。でも……。

「そんな顔しないで」

冬貴は俺の顎《あご》に手をかけると、頬にキスをした。

「意地悪が効き過ぎたかな。君をそんなに追いつめる気はないよ。僕は今の君の気持ちを信じてるし、いつかはきっと明良君にも他の友達にも、僕のことを言ってくれると思ってる。いつまでも、僕は待ってるから……」

冬貴は静かに俺の唇にキスをした。

「ごめん、冬貴」

謝る俺に、冬貴は首を横に振る。

「いや……。謝るのは僕のほうだよ」

そうじゃない。やっぱり、謝るのは俺のほうだ。冬貴は何も悪くない。

俺は冬貴の胸に顔を押しつけて、そう思った。

文化祭二日目。

今日は俺が当番の時間に冬貴が来るという宣言をしている。だから、朝からどうにもそわそわして落ち着かなかった。

「澤田。何をウロウロしてるんだ？」

松本に声をかけられて、ハッと気づくと、俺は自分のクラスの前の廊下を行ったり来たりしていた。

「そんなところでウロウロされたら、商売の邪魔だ！」

これは商売じゃないだろう、とツッコミを入れたいが、松本はすっかりお得意のノリで商売人に変身していた。客が少ないと、呼び込みまで始める始末だ。クラスの文化祭委員とはいえ、ギリギリまで文化祭を楽しんでるのは、こいつかもしれないと思った。

「誰か恋人でも来るのか？　おまえのバーテンダー姿を楽しみにしてる奴とかさあ」

「そ……そんなんじゃない！」

本当は図星なのに、思いっきり嘘をついてしまった。

「照れることはないって！　この学校の奴？　それとも、他校？　まさか、女とか言わないよなあ？　いつ知り合ったんだ？　教えろよ」

松本は先走って、勝手に俺が女と付き合っていることに決めてしまっていた。

「いや、別に女を待ってるわけじゃ……」

「ああ、男かあ。まあ、おまえって、意外と男ウケしそうだし」

「男ウケって……どういう意味だよ？」

「まあまあ。天堂ではありがちだよな」

松本はそう言うと、大口を開けて笑い、俺の背中をドンと叩いた。

本当に、こいつは何を考えてるのか。俺にはまったく理解できないし、したくもない。昨日、こいつの弟が葉月に連れられていたが、実はあの子もこういう性格だったりして。

だったら、葉月とはいい勝負かもしれない、なんて俺は思った。

「澤田、そろそろ時間だな。着替えてこいよ」

「判った」

俺は使ってない教室で着替え、再び教室に戻る。前の当番の奴と交代して、改めて教室の中を見回すと、客の中に葉月と例の慎平君とやらが仲良くジュースを飲んでいるのを見つけた。

そういえば、昨日、葉月の機転のおかげで助かったんだった。別に何をされたわけでもないが、あそこで冬貴が来てくれなかったら、あの人を納得させられるような断り文句も言えなかっただろうから。

「葉月……昨日は助かったよ」

「へぇ、一秀が僕にお礼を言うなんてね」

めずらしそうに言われて、ムッとくる。それじゃ、俺がとんでもなく恩知らずか何かみたいじゃないか。

「本当に助かったと思ったから、礼を言ったまでだ」

「判った判った。ホントに冗談が通じないんだからな。頭が固いったら、ありゃしない」

そんな溜息混じりに言われるようなことだろうか。どっちかというと、葉月のほうが非常識だと思うんだが。

「それはそうと、今日、冬貴も来るんだろう？」

突然、冬貴の話を振られて、ドキッとする。

「そう……らしいな」

「何が、そうらしい、だよ。ちゃーんと待ち合わせてるんじゃないの？」

うう……。冬貴が葉月の兄でさえなければ、こんなふうに揶揄われることもなかったのに。こういうときだけは、冬貴と葉月の関係について、苦々しく思ってしまう。

もちろん、冬貴にとっては、葉月は可愛い弟なんだろうけど。

「おまえだって、そうやってデートしてるんだから、俺と冬貴のことをどうこう言うのはやめろ」

俺の言葉に、葉月ではなく、慎平君のほうが真っ赤な顔をして反応した。

「デ、デ、デートなんてっ……！　オレと葉月先輩はそんな……」

「あれえ？　これは立派なデートだよ。慎平くんはそういうつもりじゃなかったんだ？」

葉月がにんまりと笑いながら、慎平君の顔を覗き込む。

「そ、そんなことないですっ。葉月先輩とデートなんて、誰かにそう思われるのは、ちょっと恐れ多いって思ったりして……」

やっぱり、慎平君はいじめられキャラだと、俺は思った。どう見ても、葉月は自分を慕ってくれている慎平君を揶揄って遊んでいる。

いや、これはこれで可愛がっているつもりなんだろうけど。

慎平君が妙に気の毒に思える。もちろん、当人には余計なお世話なんだろうな。

「まあ、可愛い一年生を泣かすなよ」

「泣かせるのも愛情表現のひとつなんだよ、僕は」

葉月は真顔で答えた。

どうやら、葉月は真面目に慎平君を可愛がっているらしい。気まぐれというには、深く関わりすぎているし、それを止めようとしていないからには、葉月は恐らく本気なんだろうと。

見ると、慎平君は耳まで真っ赤になって、うつむいているし、もしかして俺と同様に抱かれる側だということが心に引っかかっているのかもしれなかった。

だから、葉月は恋人だと彼を紹介しないのかも……。

葉月の性格なら、恋人ができたら、堂々と紹介するタイプだろうし。それに、俺が冬貴の恋人だと知っていても、他の誰にも口外してないようだから、実は葉月はそういうデリケートな心配りができる奴だったとか。

しかし、それを認めるのは、葉月に負けたような気がして、癪《しゃく》に障《さわ》る。

「あ……明良ちゃん！」

葉月が手を振ったので振り向くと、そこには明良と藤島、そして、元生徒会長の鷹野裕司《たかのゆうじ》とその恋人・山篠由也《やましのゆうや》君がちょうど教室に入ってくるところだった。

「わあ、カズちゃん。カッコイイ」

明良が俺の格好を見て、そう言うので、思わず苦笑する。

「これのどこがカッコイイんだよ？」

「あのね、明良ちゃんは君に気を遣ってあげてるんだよ。それくらい判らないかなあ」

そう言う葉月も、自分の連れに気を遣ったほうがよさそうだ。慎平君は顔を強張《こわば》らせていたからだ。少なくとも明良「ちゃん」はマズイんじゃないだろうか。

「えっ、でも、いつものカズちゃんじゃないみたいでカッコイイよ。ねえ、優ちゃん？」

それをわざわざ藤島に訊くなよ、明良……。

「そうだね……」

藤島はそう言いつつ、俺の顔を見て、ふっと馬鹿にしたように笑った。

なんか、いちいち腹が立つ奴だなあ。明良が俺を褒めたのが、たぶん気に食わないんだろうけど、そういう態度はないんじゃないかと思った。

案の定、藤島は明良に注意されていた。

今は冬貴の恋人である俺だが、どうしても藤島に対しては寛容になれないので、そういう場面を見ると、ついザマーミロと思ってしまう。

横で、裕司と由也君が呆れたような顔をして、二人を見ている。

しかし、元生徒会に関わりのあるメンバーが、偶然、ここに集まったという感じだな。今は生徒会メンバーも違うから、こうして一度に会うなんてことはほとんどない。

四人は同じテーブル（机を寄せ集めただけに過ぎないが）に着き、俺はチケットを受け取った。

「まあ、格好いいかどうかはともかくとして、意外と似合うぞ」

裕司がそう言って、由也君もそれに同意するように頷いた。この二人も、いろいろトラブルがあったが、今も仲良しみたいだ。葉月も恋人…のような一年生がいることだし、以前、明良を巡ってライバルだった俺達にも、全員、春が来たということになるんだろうか。

チケット分のジュースやコーヒーを四人に出したところで、松本の上擦った「いらっしゃいませ」の声が聞こえた。

なんだろうと思って、そちらに目を向ける。

すると、そこには冬貴がいた。

金色の長い髪に整いすぎた容姿。長身で完璧なプロポーションを持つ冬貴はその場の全員の目を引いた。どこかで見たような顔というのもあるだろうが……いや、そんなものより、オーラそのものが違うと思ってしまう。特に、この教室では。

「カズ……」

微笑かけてくる冬貴の顔に見惚れて、俺は思わず手にしていたトレイを落としてしまった。

「なーに照れてんのさ」

俺の後ろで葉月が小声でツッコミを入れる。だが、俺はそれに文句を言う余裕もなかった。葉月の指摘どおり、俺は思いっきり照れていたからだ。

「冬貴さん、こんにちは」

明良は立ち上がって、冬貴に挨拶した。

「明良君、校内デート？」

冬貴は明良にそんなふうに声をかけていた。明良はちょっと照れたように笑って答えている。

「はあ……そんなところです。こっちが優ちゃん。オレが……付き合ってる人なんですよ。で、こっちが元生徒会長の鷹野先輩に、こっちがオレの友達の由也」

明良はそこに座っているみんなを紹介する。本来なら、それは俺か葉月の役目のような気がするが、明良は妙に張り切っていた。

「こちらは冬貴さん。カズちゃんの……」

そこで明良は言葉を切って、一瞬、俺のほうをちらっと見た。

「……カズちゃんの友達で、葉月先輩のお兄さん。モデルなんだって。すごいよねー」

明良の紹介で、みんなはそれぞれ挨拶を交わしている。俺としては、冬貴がここに来ることは知っていたが、まさかこういう場面になるとは想像もしてなかったので、どうしていいか判らない。

タイミングが悪かっただけなんだが……。

「ま、これで君も冬貴のことをみんなに言いやすくなったんじゃない？」

後ろから葉月に肩を叩かれて、振り返ると、慎平君がポツンと一人で席に着いて、不安そうな顔をしている。

葉月が明良を好きだったことは有名だから、やっぱり気になるかもしれない。

「おまえも人の心配している場合じゃないかもな」

葉月もやっと慎平君の様子に気づいて、慌てて慎平君に駆け寄った。

「慎平くん、こっちに来て」

「えっ……？」

葉月は慎平君の腕を取って、冬貴の傍《そば》に行った。

「冬貴！」

兄弟対面、なわけだけど、パッと見た目には二人が兄弟のようにはあまり見えない。葉月の身長が低いせいかもしれないが、よく見ると顔立ちはどことなく似ている部分もある。

「会うのは久しぶりだね。少し背が伸びた？」

「判る？　さすが冬貴だね」

変な褒め方をして、葉月は慎平君を前に押しやった。

「この子、松本慎平くん。僕が今、すごく可愛がってる子なんだ」

慎平君はいきなり冬貴に紹介されてしまって、またまた真っ赤な顔になっている。

「こっちは僕の兄の冬貴。僕に似て、とっても綺麗だろう？」

「ま、松本慎平ですっ。どうぞよろしく！」

慎平君は葉月の自画自賛みたいな言葉も耳を通り過ぎていたみたいで、冬貴に向かって、深々と頭を下げた。

「うん。葉月の相手は大変だろうけど、よろしく」

冬貴が笑いかけると、慎平君は耳まで真っ赤になっていた。

葉月は勢いに乗って、慎平君を明良や藤島達にも紹介している。冬貴はそこから離れて、俺のほうへとやってきた。

なんだかドキドキする。

天堂高校の俺の教室で会うなんて、そんなのは初めてだから……。

「席、どこでもいいの？」

「あ……こっちに……」

俺は冬貴を空いてる席に案内した。席といっても、元は教室の机と椅子だ。そういうところに冬

~Menu~

貴が座るのを、俺は不思議な気持ちで見ていた。

「校舎に入るのは久しぶりで、すごく懐かしいよ」

「卒業以来？」

「うん、そうだね……」

冬貴は俺があらかじめ渡していたチケットを俺に差し出した。

「やっぱり、その服、すごく似合うね……」

誰に言われるより、冬貴にそう言われたのが嬉しかった。

「そうかな？」

「そうだよ……」

冬貴の微笑みを見ているだけで、俺はクラクラきそうだった。

やっぱり、俺……。

とんでもなく冬貴のことが好きだ。抱かれる側だとか、なんとかっていうプライドを捨ててもいいほどに。

「冬貴……！」

俺は元生徒会関係者のいるテーブルにまで聞こえる声で話しかけた。

一瞬、葉月や明良の声が途切れた。たぶん、みんな、聞こえてるんだ。

「この当番が終わったら……デートしよう！」

冬貴は驚いたように目を見開いて、それから、すごく嬉しそうに微笑んだ。

「そうだね、デートしよう」


文化祭は無事終わり、それから俺達三年生は受験一色になった。冬が来て、そして春が来る頃、俺達、元生徒会メンバー＋元風紀委員長は全員、無事進学先も決まり、卒業式を迎えた。

「カズちゃん。早く早く！　今日、遅刻したら、シャレにならないよ！」

明良が焦って、玄関に向かっている。

確かに、遅刻しそうな時間だが、何も俺が寝坊したわけじゃない。寝坊した明良の用意を待っていただけなのに、そんなふうに急き立てられると俺が悪いみたいじゃないか。

靴を履くと、明良が玄関のドアを開けた。

「行ってきまーす」

いつもと同じ元気のいい声だが、ふと見ると、明良の目が赤い。

「もしかして、昨日は眠れなかった？」

「うん……。優ちゃんと同じ学校に通えるのは、もうこれで最後かと思うと……」

どうやら、昨夜、一人で泣いていたらしい。

「あいつと同じ大学に行けば、また同じように通えるだろう？」

「そうなんだけど……。天堂高校では最後だろう？」

まあ、いろいろ思い出深き高校だからな。それに、天堂高校は男同士でイチャイチャしていようが、別に変な目で見られることもないが、大学ではそうはいかない。

「優ちゃんは絶対モテると思うんだよ。背も高いし、すごく顔が綺麗だし、めちゃくちゃ格好いいし、女の子からしたら、王子様みたいだろう？」

王子様、ねえ……。

俺にそう訊かれても、答えづらい。かといって、茶化したら、明良は嫌な気分になるだろう。

「そうだな。でも、あいつは明良がいいんだろうから、心配することはないさ」

「だって、今はそうでも、環境が変わったら判らないから」

明良がそんなふうに思うのは、なんとなく判る。俺だって、冬貴がいつまで俺を好きでいてくれるかなんて、自信はない。

「きっと、あいつのほうも心配してるぞ。卒業したら、明良に誰かが言い寄ってくるかもしれない、とかね」

「オレは優ちゃん以外の人と付き合ったりしないよ！」

「だったら、あいつだって、同じように思ってるさ」

「……うん」

明良はやっと納得したように頷いた。

「カズちゃんってさ。冬貴さんと付き合うようになってから、考え方、変わったよね」

「……そうかな」

いまだに、俺は明良に冬貴のことを話題にされるのが苦手だった。明良は別に気にしてないし、俺の自意識過剰だと判っていても、どうしてもね。

「オレが言うのもナンだけど、すごく大人になったなあって感じがする」

本当にそれは明良に言われるのも変な話だ。いつだって、俺は明良より大人だったと思うからだ。

「相手が立派な大人だからな。俺も大人にならないと、ついていけない部分があったから」

俺は照れながら、そう言った。

「冬貴さん、今日、来るの？」

「いや……どうかな。予定している撮影が長引いたら、来られないと言ってたな」

正直な話、卒業式に冬貴が来るというのは、おかしいような気もする。俺の保護者じゃないし、卒業式に来てどうするんだって思う。

そう考えつつも、できれば来てほしいと思っている自分もいるようだ。卒業式なんて、ただの行事で、大したもんじゃないのにな。

それに、母親だって来るだろうし、冬貴が来ているのを見たら、なんと思うだろう。年上の友人というふうに紹介しているものの、ただの友達が卒業式に来るだろうか。……いや、冬貴は葉月の兄だ。そう考えると、葉月の卒業式を見にきたという言えないわけでもないか。

来るかどうか判らない冬貴に母親が会ったときの言い訳を、俺は頭で必死に考えていた。

「あ、カズちゃん！　急がないと！」

「そうだった！」

確かに卒業式に遅刻は相当格好悪い。俺と明良は電車に乗るべく、駅へとダッシュした。

電車では、いつもように藤島と会うわけで……。

明良にとっては、俺の遅刻よりも、藤島と会うために急いでいたのかもしれない。

「優ちゃん……」

電車の中で涙ぐみそうになっている明良の肩を、藤島がそっと抱く。そんな熱々カップルの傍にいる俺は一体なんなんだろう。じっと見ているのも悪いが、わざとらしく離れるのも変なので、そっと目を逸らす。

以前、明良に想いを残していた頃に、こういう二人を見るのはとてもつらかった。正直言って、藤島のことは今でも好意的には見られないが、それでも、微笑ましい恋人達として、二人の間柄を認められる。

こういうところも、大人になったってことだろうか。

心の中で苦笑しながら、俺は窓の外の移り変わる景色を見る。

こうして、この電車に乗り、天堂高校に行くのはもう最後だ。思えば、三年間、いろいろあった。

一番のショックは、長い間、可愛がっていた明良が藤島の手に渡ったしまったこと。

他に、両親の離婚。それから、これは嬉しいことだが、母と明良の父との再婚、同居。そして……。

冬貴と出会い、恋をしたこと。

結果的には、プラマイゼロというか、プラスのほうが多かったと思う。失恋した当時は、本当に苦しかったんだが。

今、傍らでラブラブ状態の二人を受け入れられるようになるまで、相当な時間がかかった。とはいえ、今はそれだって、必要な時間だったと思えるくらいだ。

駅に着き、俺は学校に向かう。昇降口で上履きに履き替えるのも、これが最後だ。教室には、すでにみんなが来ていたが、いつもと雰囲気が違う。

入り口で下級生に造花を渡されて、自分の席で胸につけていると、どこかで聞いたような声が聞こえてきた。

「一秀！」

仕方なく振り向くと、廊下の窓の向こうに、俺に向かって手を振っている葉月がいた。

「なんだよ、その嫌そうな顔は。一秀を揶揄うのもこれで最後かと思ったら、名残惜《なごりお》しくて、せっかく声をかけてやったのに」

葉月はそういう気持ちなのかもしれないが、俺は全然名残惜しくない。できれば、晴れの卒業式に声なんかかけてもらわないほうがよかったくらいだ。

だいたい、葉月とはこれでもう会わないわけじゃない。葉月が冬貴の弟である限り、ずっと縁は続いてしまうんだ。

俺がどんなに嫌がってもね。

「普通、恋人の兄弟にはもっと気を遣わないかなあ」

「はいはい、悪かったな。で、なんだ？」

これ以上、絡まれると面倒なので、用件を訊く。

「冬貴は今日来るの？」

「仕事の都合次第だって言ってたぞ」

「そうなんだ？　冬貴くらいは来てほしいんだけどなあ」

「……おまえのところの親は来ないのか？」

そう尋ねると、葉月は途端に面白いおもちゃでも見つけたように、にんまりと笑った。

「もしかして、うちの両親に会ったことない？　そういや、一秀、うちに来たこともないもんねえ」

「べ、別にいいだろ。会っても会わなくても」

「そうだけど、付き合ってる人の親に会ったことないのは、ちょっとショックだよねえ。冬貴に、紹介したいって言われなかった？」

「言われたけど……その、なんとなく……」

冬貴がそこに住んでるならともかくとして、住んでないのにわざわざ挨拶にいくのも変な気がするんだ。俺の考えすぎかもしれないが、ただの友人だと思われなかったらって考えてしまう。

「うちの両親、いつも仕事で忙しいから、会えるときに会っておいたほうがいいよ。……なーんてね。これは冬貴の弟としての忠告」

葉月は俺を揶揄うのがよほど嬉しいらしい。俺はものすごく不愉快なんだが。

「俺のことより、おまえの恋人はどうしたんだ？　明良なんかは、藤島が卒業するからって、この世の終わりのような顔をしてたぞ」

「ああ、慎平くんね。卒業しても付き合うんだから、全然問題ないよ」

葉月はあっさりと言った。

やたらと俺にしつこく絡んで揶揄ったりするわりには、葉月はクールな性格をしている。

「おまえはそうかもしれないけど、慎平君のほうは違うんじゃないか？」

「まあね。あんまり泣くから、なんで泣いてるのか判らなくしてあげたよ。最後には、怒っちゃってさ。あ、ちゃんと仲直りはしたから、一秀は余計な心配をしなくていいよ」

……今、さり気なく恐ろしいことを言われたような気がする。いや、きっと俺の気のせいだ。俺は葉月のプライベートなことなんかに、首を突っ込みたくないから。

「相手は一年生なんだから、ほどほどにしろよ」

「大丈夫。もうすぐ二年だから」

そうじゃないだろっ。とツッコミを入れたいのを、俺は我慢した。

「裕司は今頃、由也クンと別れを惜しんでるのかなあ。まあ、由也クンは明良ちゃん以上に心配だろうね。あの裕司相手じゃ……」

裕司は由也君一筋だし、浮気なんてとても考えられない堅物なんだが、よく由也君を不安にさせるようなことを繰り返していた。

「裕司は博愛主義者みたいなところがあるからな」

葉月は肩をすくめた。

「みんなを平等に扱いたがるしね。恋人には特別に贔屓《ひいき》するべきなんだよ。しかも、頑固《がんこ》だし、始《し》末《まつ》に負えないったら……あっ、裕司！」

廊下の向こうに裕司と由也君の姿が見えたと思ったら、いきなり葉月は笑顔になって、手を振った。

変わり身が早すぎる……。

いや、葉月は元からこんな奴だ。今更、どうこう言ったところで、この性格が変わるわけはなかった。

裕司はいつもと表情も変わらないが、さすがに由也君は少し元気がなかった。泣き腫《は》らしたような目をしてないことだけが、明良とは違うが。

「今、二人の話をしてたところなんだよ。で、別れは充分に惜しんだの？」

裕司はちょっと気を悪くしたように眉をちょっと上げた。

「俺が卒業するだけで、俺達は別れるわけじゃない」

「うん。それは判ってるけど、由也クンにしてみれば、いろいろ考えちゃうんだよ」

「考えるって、何をだ？　俺達の付き合いはこれからだって変わらない」

葉月は大げさに溜息をついた。

「だから、裕司って……」

葉月は由也君の肩をポンと叩いた。

「みんなに愛を与える元生徒会の天使として言うけど、この男、よろしくね」

由也君は一瞬キョトンとしていたが、やがて笑顔を見せた。

「はいっ。任せてください」

どうやら、由也君のほうが大人になったというか、成長したようだ。裕司はいまだに人の恋愛感情には鈍感で……もちろん悪い男ではないし、男としてはとても真似《まね》できないほど立派だと思うのだが。

「おい、なんの話だ。意味が判らないぞ」

「判らない？　じゃ、宿題ね。答え合わせは由也クンとすること！」

葉月は裕司にそう言い渡した。

卒業式の式典が終わり、最後のＨＲも終わった。担任から卒業証書をもらい、解散になる。だが、冬貴はとうとう来なかった。

いや、仕事が忙しいんじゃや、仕方ないよな。

それは理解しているつもりだが、本音を言えば、少し淋しい。でも、とりあえず空元気《から》を出して、これで最後だからと、校庭に出て、卒業証書を手にクラスのみんなと写真を撮り合う。

母親はいつまでも帰ろうとしない息子に呆れて、先に帰ってしまった。というか、俺としては、高校生にもなって、母親と仲良く一緒に帰りたくはなかったんだ。

ふと、人込みの中に、昔、初物食いの名を馳《は》せていた楢崎哲治《ならさきてつじ》を見つけた。

直接の知り合いではないものの、以前、由也君に絡んできて、いろいろトラブルがあったことは聞いている。今は可愛い顔をした子を連れていて、どうやら噂どおりにちゃんと真面目に恋人を作ることができたらしい。

「カズちゃん！　元生徒会の関係者で撮ろうって、葉月先輩が……」

明良に声をかけられて、みんなが集まってるほうへと向かう。

最近、俺はそれほど写真が苦手でなくなっていた。というのは、冬貴によく撮られるからだ。カメラに向かって笑うことくらいできるようになったが、それはまだ冬貴限定ということで。だが、何も笑って写らなきゃいけないと決まったわけでもないからな。

「ほらほら、一秀。笑って！」

葉月がうるさいから、とりあえず、ぎこちない笑顔を作ってみる。

「うわっ。その顔、最悪」

「うるさい！　さっさと撮れよ！」

そんなやり取りの後、結局、仏頂面《ぶっちょうづら》で写ったりして。でも、どうせ裕司だって、大して愛想のいい顔はしてないと思うので、俺の顔がどうでもいいだろうと思う。

それから、葉月は自分のカメラを人に渡し、全員で写真を撮る。元生徒会の『関係者』というくくりなので、裕司に由也君、藤島と明良、葉月と慎平君、そして俺……というメンバーで撮る。

「冬貴がここにいないのは、残念だよね。君だけ独り者って感じで」

「余計なお世話だ」

葉月の揶揄いにいちいち反応してしまう自分が嫌だ。しかし、冬貴のことを話題にされると、ついね。

人込みの中で、今までと違うざわめきが聞こえ、俺は何気なく振り向いた。

赤いものがちらっと視界に入る。

なんだろうと思って、目を凝らしたら、金色の長い髪が見えた。

ドキンと胸が高鳴る。

冬貴だ。冬貴が来てくれたんだ……。

「カズ……！」

その声に反応したかのように、冬貴と俺の間の人込みが割れるようにいなくなる。

冬貴はスーツ姿で、手に赤い薔薇の花束を持っていた。

「……卒業おめでとう、カズ。遅くなってごめんね」

冬貴に花束を手渡された俺は、不覚にも泣きそうになった。

どうして泣きたくなるのか判らない。単に来ないと思っていた冬貴が来てくれたのが嬉しかったのか、花束まで持ってきてくれたのが嬉しかったのか……。

いや、俺の卒業式に冬貴が来た、という事実に胸がいっぱいになってしまったんだ。

「ちょうどいいから、冬貴も入って一緒に撮ろうよ」

葉月の提案で、また並びなおし、さっきのメンバーに冬貴を加えた総勢八人で撮る。よく考えると、卒業した生徒とその恋人達という、なんだか妙に照れくさい写真ができるわけだ。いや、そんなのは今更なんだろうが。

「今度は冬貴と一秀、二人の写真を撮ってあげるよ」

再びカメラを手にした葉月がそんなことを言い出す。

そんなもの撮らなくていい、と言いそうになったとき、横から冬貴が言った。

「カズと二人の写真。いいね」

そう言われると、撮りたくないとは言えない。

仕方なく、俺は冬貴と並んだ。さり気なく、冬貴は俺の肩を抱く。

「うーん。新婚さんみたいでいいよ」

それは果たして褒め言葉なんだろうか。それとも、嫌味なのか……。確かに、花束を持って、肩を抱かれてるわけだから、葉月がそういうものを連想してもおかしくはないが。

「肩を楽にして」

横から囁くように冬貴が言う。

「君の卒業式に僕と一緒の写真を撮るなんて、一生の記念だね。いい写真にしよう」

冬貴の笑顔を見ると、たちまち俺は頭の芯《しん》が痺れたようにクラクラとしてくる。冬貴はいつだって、俺を違うものに変えていってしまう。

冬貴が好きだ……。

そんな気持ちで、すぐに頭がいっぱいになっていく。

「カズ、笑って」

冬貴の囁きに、俺は笑顔を作る。……いや、自然に笑ってしまった。

シャッターが押される。

俺は夢見心地でその一瞬を迎えた。

世界で誰よりも幸福な一瞬を。

END

胸さわぎの八月

「今日は……今日こそは絶対……行くんだ！」

天堂《てんどう》高校一年の松本慎平《まつもとしんぺい》は、自転車で街の外れへと向かっていた。

しばらく行くと、行く手にとんでもなく大きなお屋敷が見えてくる。

慎平はそのお屋敷の立派な門の前で自転車を止め、深呼吸した。

ここが噂の西尾《にしお》邸。

天堂高校三年、かつて生徒会の会計を務めていた西尾葉月《はづき》の自宅であった。

汗がダラダラと額《ひたい》から落ちてくる。カッと照りつける真夏の太陽や、自転車を必死で漕《こ》いでいたせい…もあるが、それよりも緊張のせいで汗が出ているほうが多いのかもしれない。

慎平にとっては、葉月は大好きな憧《あこが》れの先輩だからだ。

男同士だからなんて関係ない。どうせ天堂高校なんて、男同士のカップルだらけだ。

葉月の顔が見たい。そして、大事な一言を伝えたい。そのために、慎平はここに来たのだが、今ひとつ、勇気が出ない。

ああ、ダメだっ。オレなんか……。

そう思って、もう帰ろうかと自転車に再びまたがった。

ちょうどそのとき。

「あれえ？　慎平くんじゃない。どうしたの？」

ドキーン。

慎平はドキドキしながら、声のする方向を振り向いた。すると、そこには、コンビニの袋を提《さ》げた世にも可愛《かわい》らしい姿の葉月がそこにいたのだった。

「あっ……あっ……あのーっ……」

「何？」

葉月は首をかしげて、にっこり微笑んだ。

さすが天堂生徒会の天使と言われるだけのことはある。慎平より二つも年上なのに、身長もそれほど変わらないくらいだし、もう本当に食べてしまいたいくらい可愛らしい顔をしていた。

「ここここ、これっ」

慎平はなけなしの小遣いで買った小さな花束を差し出した。

「どうしたの、これ？」

「今日……葉月先輩のバースデイでしょ？　おめでとうございますっ」

そう、八月八日は葉月のバースデイだったのだ。

葉月は慎平の手から花束を受け取った。

「ありがとう。覚えていてくれたんだ？」

男の誕生日に花束を贈るなんて馬鹿馬鹿しいとちらりと思ったりもしたが、それでも、葉月と花束という組み合わせは、慎平の目にはとても素晴らしいものに見えた。

ああ、やっぱり葉月先輩、とっても綺麗で可憐《かれん》で可愛いよ……。

慎平は生きててよかったと思った。そして、花束が渡せてよかった、とも。

この夏休みがここで終ったとしても、オレは後悔しないぜっ。

慎平としては、もう一押し、愛の告白をしたかったのだが、何しろ相手は受験生。必死で勉強しているだろうし、そういうのは迷惑だと思うのだ。

いや、本当は自分がグズグズしてる間にも、葉月は誰かのものになってしまうかもしれない。そう思うと、いても立ってもいられなくなるのだが。

それでも、慎平は逸《はや》る心を押さえつけ、葉月に頭を下げた。

「じゃ、これでオレ……」

「あ、よかったら上がっていきなよ。どうせ暇だからさ」

「えっ、でも勉強とかが大変なんじゃないかって……」

「今日は大丈夫。家庭教師が帰省しちゃったから。宿題はあるけど、当分、勉強勉強って追いたてる奴がいないんだ。あんまり暇すぎて、コンビニに買い物に行ったくらいだよ」

慎平は迷った。

図々《ずうずう》しい奴だと思われたくない。こうしてバースデイに自宅に押しかけただけでも、充分、図々しい行動だと思うのに。

だが、葉月のほうからせっかく誘ってくれているのだ。こんなチャンスはめったにない。それどころか、これから先ずっとないかもしれないのだ。

慎平はゴクンと唾《つば》を飲み込んで、目の前の可愛らしい葉月の顔を見つめた。

「じゃ、ちょっとだけお邪魔《じゃま》します」


「あんまり綺麗な部屋じゃないけど、どうぞ」

そう言って、葉月が慎平を通した部屋は、慎平にとっては充分豪華《ごうか》で綺麗だった。整頓《せいとん》された勉強机に、難しい本がいっぱい入っている本棚。そして、何故か応接セットみたいなものが部屋の中央にあったんだ。

普通、こんなものは一軒の家にひとつしかないものと思うが、さすがに西尾邸だ。きっと、いくつもこういうものがあるに違いない。

「遠慮《えんりょ》せずに座って」

慎平はガチガチに緊張しながら、ソファに腰かけた。あまりに柔らかいソファなので、浅く腰かけたつもりが、ふわっと吸い込まれるように背もたれのほうに身体が倒れてしまう。

焦《あせ》って体勢を元に戻そうとするが、かえって深みにはまったみたいに動きが取れない。

葉月はクスクス笑いながら、慎平の隣に座った。コツがあるのか、葉月の身体はそんなにソファに沈み込まなかった。

コンコンとノックの音がして、家政婦の人がコーラを二つ持ってきて、テーブルの上に置いてくれた。

「どうぞ。って、大したもんでもないけどね」

葉月はそう言うが、慎平にしてみれば、憧れの葉月が勧めてくれたものだ。緊張して喉が渇《かわ》いていたこともあって、一気に飲み干してしまった。

こんなにすぐに飲み干したら、がっついてる奴だって思われないかな。

慎平は飲んだ後に、そう思ったが、カラッポになってしまったグラスは元には戻らない。

「喉、乾いてたんだ？　僕の分も飲んでいいよ」

葉月はオレのほうにもう一つのグラスを置いた。

「そそそ、そんな……。いいです。これ以上、図々しい奴って思われたくないし」

「思わないよ、別に。誕生日だからって、わざわざ僕の家までプレゼントを持ってきてくれるなんて、すごく嬉しかった。夏休みの最中のバースデイなんて、普通忘れてるか、面倒くさいから忘れたふりをするよね？」

見ると、葉月はまだ花束を手に持っていた。

か、可愛い……。

慎平は顔が赤くなってしまった。何しろ、憧れの葉月が隣に座っているのだ。そして、そう思うと、もう動悸《どうき》が激しくなってくる。

このまま押し倒してキスしたい。

だが、そんなことをしたら、葉月にきっと嫌われてしまう。というより、その前に抑えが効かなくて、キスだけじゃなく、いろんなことをしてしまいそうだ。

ああっ、ダメだっ。そんなことを考えていたら、ますます動悸がおさまらないじゃないか。

「前に、慎平くんにバースデイはいつって聞かれたけど、まさかこんなことまでしてくれるとは思わなかったよ」

葉月はそう言って、慎平ににっこり笑いかける。

ダメっすよ。先輩。そんなふうに微笑まれたら、オレ、狼になっちゃいます。

そう必死で思いながらも、慎平は吸い寄せられるように葉月の顔から目が離せなかった。

だけど、頭の隅では、自分がこのまま葉月を押し倒すような度胸もないことを知っていた。

いいんだ。片思いだって。

葉月はしょせん雲の上の人だから、憧れてるだけでもいい。それだけでも慎平は幸せなのだと思っていた。

「慎平くん、僕のこと、どう思ってる？」

ドキーン。

慎平はもう顔を真っ赤にした。

いやいや、何も変な意味で先輩はそんなことを言ってるんじゃないんだ。きっと。

「先輩として尊敬してます」

「それだけ？」

どういうわけか、葉月は不満そうだった。

「顔が綺麗で可愛くて……」

「うん。君も可愛いよ」

葉月は意外なことを言った。

「そんなオレなんか……」

「絶対可愛いよ。で、僕のことをどう思ってるわけ？」

ああ、そんなに近寄らないでください。オレ、理性がなくなっちゃいそうなのに。

慎平は頭の中でそう思いながら、必死で葉月の気に入るような言葉を探した。

「あ、あの……す、好きです……。大好きですっ。先輩のこと」

「そっかあ。嬉しいなあ」

葉月はやっと機嫌よく笑った。

慎平も葉月に喜んでもらえるなら、すごく嬉しい。もう、そう言われただけで天にも昇る気持ちだ。

「じゃあ、プレゼントもらったお礼をしなくちゃね」

「そ、そんな……。お礼だなんて、別にそんなつもりじゃないです」

それだけははっきり言っておかなければと、慎平はクラクラしながらも葉月の顔を見つめた。

「いいんだ。僕が勝手にお礼をしたいんだから」

葉月は微笑《ほほえ》むと、慎平の肩に手を置いた。

「な、何ですか？」

肩なんか触られたら、オレ……。

「目をつぶって」

どうしよう。

だけど、先輩がそう言うんだから……。

慎平は思いきって目をつぶった。

まさかこのままキスされたりして。いや、そんな都合《つごう》のいい展開になるはずがないよな。なに考えてるんだよ、オレ。

だが、葉月の息遣いを感じる。

まさか……。

唇に何か柔らかいものが覆《おお》い被《かぶ》さってきた。

硬直してしまう。身体もだけど、アソコもだ。

ああ、神様っ。いいんでしょうか。こんな幸せ、身に余り過ぎて、死んでしまいそう。

しかも、柔らかい舌が慎平の唇をノックする。

もしかして、口を開けろってこと？

慎平は少し口を開けた。すると、葉月の舌がするりと慎平の中に入ってきた。

全身が痺《しび》れてしまいそうだ。本当にどうしよう。このままだと、とんでもないことになってしまいそうだ。葉月のほうがキスだけのつもりでも、慎平は我慢ができなくなるかもしれない。

しかし、慎平は初めてキスされて……しかも、憧れの葉月にされてしまって、身動きひとつできなかった。

やがて、唇が外される。

けれど、慎平の頭の中はボンヤリとして現実に立ち戻れなかった。

目を開けると、葉月の綺麗な顔がある。

「ねえ、気持ちよかった？」

オレはただ頷いた。口を利いたら、この夢のような時間が壊《こわ》れてしまうような気がして。

「そう……。もっとしたい？」

オレは目を見開いた。葉月がいたずらっぽく笑う。

ああ、そんな顔されたら、オレ……オレ。

葉月の顔が再び慎平に近づく。唇が重なり、慎平はまた夢のように気持ちよくなっていった。身体は反応しまくりだが、たとえ葉月に気がつかれても、もう止められない。

肩から腕にかけて、スッと撫でられる。

半袖シャツの袖口から指先が入ってきた。

何だかゾクゾクしてくる。こんな色っぽいことを葉月がしてくれるなんて、信じられない。

もう一度、素肌の肩から指先まで撫でられた。

そして。

葉月の手は慎平の股間を撫でた。

身体がビクーンと震える。

まさか、そんなところを撫でられるなんて、思いもしなかったからだ。

どうしよう。反応してることを気づかれてしまった。

しかし、どうしてそんなところを葉月は撫でているのだろう。硬くなってるのは判るだろうに。

気持ち悪くないんだろうか。いや、気持ち悪いなら、最初から触らないだろうし、キスもしないだろう。

ひょっとして、先輩もオレのこと……。

ドキドキする。

そんな夢みたいなことがあっていいんだろうか。

ああ、松本慎平。とうとうここでオレは……。

「ベッドに行こうか？　そっちの部屋が寝室になってるんだ」

まだ夢は続いてるみたいだ。慎平は覚《さ》めないようにこくこくと頷いた。

ベッドルームの壁には、引き伸ばした写真が何枚も飾ってあった。

葉月は写真部だから……と思った慎平だったが、よく見ると、それは噂で葉月が熱を上げていたという二年の羽岡《はねおか》明良《あきら》の写真だった。

確か、前生徒会長と前風紀委員長の二人を手玉に取ったとか取らないとかいう噂をされていて、慎平はあまり彼のことを快《こころよ》く思っていなかった。いや、誰を手玉に取ろうが、誰が誰とくっつこうが、そんなことは関係ない。

ただ、葉月が明良を好きだったということが問題なのだ。というより、今も好きだと公言しているらしい。

慎平は葉月のそんな純粋な気持ちを踏みにじった明良が許せなかったし、それでも明良を好きだと言う葉月がいじらしくてならなかった。

オレは、こんな奴より、ずっとずっと葉月先輩のことが好きなんだ。

慎平はそれを葉月に判ってほしかった。

「座って」

葉月は慎平をベッドに腰かけるように言った。

「はい……」

葉月のベッドに座れるなんて、それだけでも夢のようだ。慎平はそう思いながら、葉月が身体を屈めて、自分の目の前に顔をくっつけるのをうっとりと見ていた。

軽くキスされて、ちょっとがっかりする。さっきみたいな舌が入るキスをしてほしいのに。

「ちょっと暑いね。シャツ脱ごうか？」

部屋はクーラーが効いているから、ちっとも暑くない。だが、シャツを脱ごうかという言葉にはその後のことを連想させる響きがあった。

「は……はいっ」

慎平は慌てて自分のシャツのボタンに手をかける。グズグスしていて、葉月に嫌われたくない。それに、葉月の気が変わったら困るからだ。

葉月はクスッと笑って、慎平の手を止める。

「違うよ。僕が脱がせてあげるって言ってるんだ」

「えっ、でも……」

「でも、じゃない。ハイでしょ？」

「はい……」

強制的に承諾させられてしまった。

葉月は器用な手つきでボタンをあっという間に外す。慎平はその様子をただ眺めていただけだった。

嘘みたいだよ。葉月先輩がオレを脱がせてるなんて。

一体、これからどうなるんだろう。もしかして、先輩があんなことやこんなことを手取り足取り教えてくれるんだろうか。

慎平は妄想で頭と股間を膨らませていった。

いやいや、まさか可憐な葉月先輩がそんな恥ずかしいことをするわけない。でもでもっ。服を脱がせたってことは、有りうるよな。このまま体操して終わり、なんてことはないだろうし。

葉月は慎平のシャツの中に手を差し込み、胸を撫でた。

はっきり言って、大して筋肉のついてない薄い胸板で、そんなところを触られるのは、あまり嬉しくなかった。

こんなおいしいことがあるなら、もっと運動して、筋肉をつけておくべきだった。だけど、まさか、葉月とこんなことになるなんて、思いもしなかったのだ。

「あ……」

葉月に胸の突起を撫でられて、思わず変な声が出る。

な、何だよっ、これ。

慎平は自分の反応にビックリしてしまった。女じゃないのに、乳首を触られて、感じるとは思わなかったからだ。

「感じる？」

「えっ……その」

男が乳首で感じるなんて、正直に告白してもいいものだろうか。葉月に幻滅されたら嫌だ。

「正直に言ってごらん。僕は君の素直なところが好きなんだからね」

オレの素直なところが好き？

慎平の頭の中はカーッと熱くなっていく。

オレ、先輩に好きでいてもらえるなら、何でもやりますっ。

「あの、その、感じます」

「ふーん。可愛いね」

だから、可愛いのは葉月先輩のほうだってば。

「じゃあ、こんなふうにすると、どう？」

葉月は指で転がすようにそこを撫でる。

「か……感じますっ」

「感度良好。さっきより、いい感じじゃない？」

褒《ほ》められたのかな。よく判らないけど。

慎平は判らないなりに、葉月がすることは全部受け入れたいと思った。本当は葉月の身体に同じことをしたいと思ったが、とてもそんなことは実行できそうになかった。

葉月先輩は可愛すぎる。オレが乱暴なことをしたら、壊れちゃいそうだし。

慎平と葉月では、身長はそんなに変わらない。葉月のほうが高いというのは判っていたが、慎平は自分のほうが力があるし、横幅だってあるし、ガッチリしている……と、信じていた。

葉月は慎平のシャツの左右を大きく開いた。

何か面白いものでも見るような顔をして、葉月はじーっと慎平の上半身を見つめる。

別に何もないはずだけど……。

そうは思うものの、葉月があまりにじっと見つめるから、どうしても気になってしまう。

「あの……何か？」

葉月はふふっと笑う。

「慎平くん、可愛いよ、すごく」

「えっ？」

「ココ」

葉月は慎平の乳首をつついた。

いや、そんなところを、可愛いだなんて言われても。困ってしまうよ。

葉月がどうしてそんなことを言い出したのか、さっぱり判らないが、嫌われてないならそれでいいような気がした。

葉月はそのまま慎平の胸に顔を埋めた。

えっ、何？　この感覚。

キスだ。先輩がオレの胸にキスしてる。

「オレ、汗かいてたのに」

もちろん今はクーラーが効いてる部屋だから、汗は引っ込んでしまっている。

「大丈夫。君、体臭あまりないよ。僕の好みだ」

ドキン。

そんな、好みだなんて。照れてしまう。

「肌もすべすべだし、ココなんかピンクだし、とっても可愛い」

「あっ」

乳首をちょんちょんと指でつつかれて、変な声が出てしまう。

どうせだったら、慎平は自分が葉月の身体をこんなふうにいじってみたいのだが。

しかし、葉月がそうしたいなら、我慢しよう。

それに、こういうのも気持ちいいし。

「もっといいことしようか」

葉月はそう言うと、慎平に体重をかけて、ベッドに押し倒す。

先輩がオレの身体の上に乗ってるんだ。そう思うと、胸の動悸が止まらなかった。

葉月は微笑みながら、慎平の胸……いや、乳首に唇を寄せた。

「あっ……」

舌で転がすように刺激をされる。慎平はさっきよりも強く感じて、喘ぐような変な声をまた出してしまった。

思わず自分の口を両手で塞ぐ。

「いいんだよ。聞いてるのは僕だけだから、遠慮なく声を出して。他の誰にも聞こえないよ」

葉月に聞かれるのも恥ずかしい。だが、『他の誰にも聞こえない』という言葉に、二人だけの秘密の匂いを感じて、慎平は葉月だけなら聞かれてもいいと思った。

おずおずと両手を離す。

葉月はにっこり微笑んで、また慎平の胸の突起を舌で弄び始めた。

「あっ……あ……」

これって、男としてどうなんだろう。と思わないでもなかったが、葉月が喜んでいるから、それでいい。

葉月の手がスッと胸から腹へと撫でていく。

身体がビクンと震えた。

臍《へそ》の周囲を撫でられて、それからズボンの中へと侵入していく。ベルトを締めてるから、指先がほんの少し入ってるだけだが、その『少し』がたまらなく気持ちいい。そのすぐ下のほうには、慎平の一番感じる部分が硬く勃ち上がっている。それに触れそうで触れないところがまた、焦《じ》らされてるようでよかった。

さっきズボンの上から撫でられた感触を思い出す。

ああ、いっそのこと、直接撫でられたい。

だが、果たして葉月はそこまでしてくれるのだろうか。ここでもうおしまいと言われたら、我慢できなくて、葉月を襲ってしまいそうだ。

それくらい、慎平は盛り上がっていた。

「このへんも触ってほしい？」

葉月の質問に、慎平はこくこくと頷いた。

「じゃあ、邪魔なものは脱いでしまわないとね」

葉月は慎平のベルトを外し、ジッパーを下ろす。そして、ズボンを引き下ろそうと手をかけた。

「先輩っ、自分で脱ぎますからっ」

さすがにそこを人に脱がせてもらうのは格好悪いだろう。

「ダーメ。君はお人形さんみたいにおとなしくしてなさい」

「はい……」

ものすごく恥ずかしいが、葉月がそうしたいなら仕方ない。

「腰、上げて」

言われたとおりにすると、葉月がズボンを下着ごとするすると下ろしていった。そして、足首から引き抜く。

慎平はシャツを羽織っただけの、とても頼りない姿になった。

「ここも元気だね。そんなに僕のことが好き？」

股間で反応しているものに、葉月はそっと触れた。

そんなとこ、触わられたら、オレ、イッちゃいそうなのに。

慎平は泣きそうになりながら頷いた。

「そう……。じゃあ、もっといいことしてあげるね」

葉月はそこに顔を近づけていく。

ビクッと大きく身体が震えた。

ああ、憧れの葉月先輩がオレのそんなところに……。

葉月は慎平のそこを可愛い舌でペロペロと舐めていた。

もう、死んでもいいよっ、ホントに。

「まだイッちゃダメだからね。我慢するんだよ」

ということは、いずれはイッてもいいんだろうか。

ドキドキしながら見ていると、葉月は先端を口に含んだ。柔らかい感触が慎平を包んで、それだけでイキそうになったが、葉月の言葉を思いだし、ぐっと堪《こら》える。

葉月はそのまま根元まで口に含んでしまった。

嘘……。

先輩がこんなことまでしてくれるなんて。

感動と感激で胸がいっぱいになる。だが、それ以上に、今すぐイキそうになる自分を押し止めるのに必死だった。

葉月の口がそこを刺激する。あまりの気持ちよさに、慎平はベッドカバーを掴んだ。が、これが葉月のベッドだということを思い出して、慌てて離す。

オレ……オレ、どうしたらいいんだろう。

我慢しろって言われても……もう我慢できないよぉ。

「あ……せんぱ……っ」

我慢しすぎておかしくなりそうだ。

身体がガクガク震えてきて、限界のようだった。

もうダメですと言おうとしたそのときに、慎平はイッてしまっていた。

「もっ……ああっ」

どうしよう。先輩に嫌われちゃうよ。

葉月の口の中でイッた慎平は、涙が出てきて、止まらなかった。我慢してつらかったのと、葉月に対する申し訳なさとで。

葉月は慎平の放ったものを全部受けとめて、それから顔を上げた。

何故かとても嬉しそうな顔で。

「ご…ごめんなさいっ。葉月先輩」

「え？　何謝ってるの？」

「だって……まだイッたらダメだって言われてたのに、先輩の口に出して……」

「ああ、あれはね。少し我慢しなさいって意味。君はちゃんと我慢したんだからいいんだよ。それに……」

葉月は意味ありげに笑った。

「君の、とてもおいしかった」

お、おいしかった……？

慎平はまばたきをして、葉月の整った顔を見つめた。

先輩がそんなこと言うなんて……。もしかして、本当においしかったとか。いやいや、そんな馬鹿なこと、あるわけないよな。

慎平はすっかり混乱していた。

葉月はそんな慎平を見下ろして、ふっと笑った。

「これくらいで泣くなんて、可愛いね。もっともっと君を可愛がりたいんだけど、いい？」

可愛がるって……どういう意味だろう。

葉月の謎の言葉に、慎平はわけも判らず、とにかく頷いた。

とにかく葉月には嫌われたくない。そして、気持ちのいい夢の続きをまだ見ていたかったのだ。

「じゃあ、足を開いてごらん」

「こう……ですか？」

慎平はおずおずと足を開いた。

「もっと大きく」

思い切って、ガバッと開く。

「よしよし、いい子だね」

葉月は慎平の両膝を押し上げた。

「あっ……こんな格好……」

くるんとオシリが見えてしまっている。もちろん、その狭間に隠れていた場所も。

「泣かないの。これからもっといいことしてあげるからね」

葉月は露出したそこに舌を這わせた。

「先輩！　そんなとこ……汚いですっ」

天国にでも昇りそうなくらいにすごく気持ちいいが、葉月の清らかな舌が自分のそんなところを舐めるなんて、許せなかった。

だが、葉月は慎平の言葉が聞こえなかったかのように、そこへの愛撫を続ける。

そのうちに、慎平は前の部分が再び勃ち上がってくるのを自覚した。

オレのスケベ……。

しかし、葉月にそこまでされて、とても平静ではいられない。気持ちよくて興奮すれば勃つ。それは当たり前のことだった。たとえ、さっきイッてしまったばかりだとしても。

「さあ、これくらいでいいかな」

葉月は顔を上げると、その場所に指を添えた。そして、それを徐々にそこに埋《う》めていく。

「あ……」

「気持ちいい？」

そんな場所に指を入れられて、気持ちいいと言っていいものだろうか。

「僕の指をしっかり締めつけてるよ。正直に言ってごらん。イイんだろう？」

そういえば、先輩は素直なオレが好きだって言ってたよな。

それを思い出して、慎平は口を開いた。

「イイです……すごく」

「そう？　すごくイイんだ？」

「あっ……」

葉月はぐるりと指を回した。それどころか、中で指を曲げた。

「刺激が強すぎたかな？　大丈夫？」

「だいじょ……ぶ……です」

本当に大丈夫なのかどうかは判らない。だが、慎平はもっと刺激してほしかった。

そんなところに指を入れられたのは初めてだから、こんな快感も初めてだったのだ。

「じゃあ、もっと指を動かすよ」

葉月は慎平の中をまるで擦るみたいに動かしていく。慎平はたまらなくなって、身体をビクビクと震わせた。

「気持ちよさそうだね。じゃ、これは？」

もっと強い衝撃が慎平を襲う。

「あ……何？」

「今ね、君の中に僕の指が二本入ってるんだ」

二本……。すごい。何がすごいのかよく判らないけど、先輩の指が二本もオレの中に入ってるなんて……。

ただでさえ感じていた慎平だが、それによって、一層感じてしまう。前の部分は触られてもいないのに、もうカチカチに硬くなっていた。

しばらく楽しげにそこへの刺激を続けていた葉月だが、急に指を引き抜いた。

「え……？」

もう、これで終わりなんだろうか。

もっとしてほしいとは図々しくて言えないが、あまりに夢中になっていたから、慎平は物足りなくて、身体をもじもじと動かした。

「慎平くん、もっとしてほしいの？」

葉月は微笑みながら問いかけてくる。

「えっ……でも……」

ここも正直に言ってもいいのかな。それで先輩はオレを嫌いになったりしないかな。

しかし、葉月は慎平の答えを待っているふうだったから、ここで黙り込んだりしたら、それはそれで嫌われるに違いない。

「あの……もっと……してほしいですっ」

思い切って、慎平は言った。

「してほしいんだ？　慎平くんはエッチなんだね？」

葉月はそんな意地悪なことを言ったが、顔は嬉しそうだった。

よかった。怒ってないみたい。

慎平は心の底からホッとした。

「じゃあ、もっともっとイイことしてあげるから、目をつぶって」

ドキン。

慎平の胸は高鳴った。

もっとイイことって、何だろう。

葉月はいろんなことをしてくれた。今までもすごく気持ちよかったけど、これ以上の気持ちいいことというと、一体何をしてくれるんだろうか。

慎平はドキドキしながら目をつぶった。

衣擦れの音がする。もしかして、葉月は服を脱いでるんだろうか。とすると、目を開けたら、葉月の裸が見られるとか。

慎平はそれを想像した。

先輩、裸になるなんて、これ以上オレを誘惑して、どーするんですかっ。

慎平は一人で興奮の極致《きょくち》にいた。

「さあ、してあげるからね。気持ちよくっても、僕がいいと言うまで目を開けたらダメだよ」

コクンと頷く。葉月がそう言うなら、死んだって目を開けない。

両足が抱え上げられる。そして、さっきの場所に何かが当たった。

あれ……？

何か、感触が違うんだけど。

不思議に思ったが、もっとイイことなんだから、違うのだろうと解釈する。

「力を抜いて。そう……行くよ」

慎平の身体に向けて何かが入ってこようとしている。指なんかより、ずいぶん大きなもののような気がした。

そんなの、入るんだろうか……。

慎平は不安になったが、葉月の言葉を思い出して、必死に目をつぶっていた。イイことなんだから、少し我慢していれば、さっきより気持ちよくなれるに違いない。

でも、ちょっときついよ……。

しばらくして、その何かの侵入は収まった。

「これからが本番だよ」

葉月の声と共に、それが慎平の中を動き始めた。

「あっ……あっ……」

さっきとは違う快感が身体に渦巻《うず》いている。

どうしよう。何か、オレ……。

最初は痛いと思ったのに、何かが動く度にイイところが擦れていって、信じられないくらい気持ちよくなってくる。

このまま、またイッちゃいそうだよ。ホントにどうしよう。

慎平は焦って、思わず目を開けてしまった。

「えっ……？」

目に飛び込んできた光景に、しばらく呆然としてしまった。

こんなの、嘘だ。絶対、嘘だっ。

葉月は確かに服を脱いでいた。しかし、大事なところが慎平の中に挿入されていたのだ。

「開けたらダメだって言ったのに」

そう言いながらも、葉月は笑っている。

「先輩……こんな…こんな……こんなこと……」

オレが先輩にしたかったことなのにーっ。

どうしてオレが先輩にされてるんだよっ。信じられない。

「でも、気持ちいいでしょ？」

葉月は慎平の中を行き来した。

「あっ……だけどっ」

「素直じゃない子は嫌いだよ。気持ちいいんだろう？」

慎平は仕方なく頷いた。気持ちいいのは事実だから。

「じゃあ、全然問題ないじゃないか」

ありまくりだけと思うんだけど、それはオレの気のせいなのかな。

慎平はわけが判らなくなっていた。

「君は僕が好きだって言ったよね？　そして、僕は君が好きなんだから」

「葉月先輩がオレのことを好き……？」

「そう。好きだよ。だって、こんなに可愛い」

葉月は慎平の勃ち上がってる部分に手を添えた。

「あっ……んっ」

「だから、もっと気持ちよくなろうね、慎平くん」

葉月はそう言って、体勢を立て直すと慎平の中で本格的に動き始めた。


夢はすっかり覚めてしまった。いや、目が覚めたというべきか。

慎平は裸のままベッドで横になっていた。

起きようと思うが、身体が思うように動かず、起きられない。それは、何もかも、横で静かに慎平を抱き締めている葉月のせいだった。

葉月も裸だ。夢で何度も見た光景で、本当だったら、慎平にとっては嬉しいはずだ。

だが……。

慎平は泣きそうになっていた。

「そんなに痛かった？」

葉月は慎平の髪を優しく撫でて尋ねた。

そう。それは……。

食べたいほど可愛いと思っていた葉月に、逆に食べられてしまったからだ。

「でも、気持ちよさそうだったよね。慎平は何度も僕のことを締めつけて、泣きながら『先輩、大好きですっ』って言ってくれて」

そんなことを口走ったような気も確かにする。

途中でわけが判らなくなるほど、気持ちよくなってしまって。葉月はどうやら意外にテクニシャンだったらしい。

顔はこんなに可愛いのに、詐欺だと思う。

「オレが……先輩を抱きたかったのにっ」

涙を目に溜めて、慎平は抗議する。それだけは言っておきたかった。葉月のことは好きだが、それだけは譲れなかったのだ。

「おやおや」

葉月はいつもの天使の笑顔ではなく、ニヤリと笑った。

「人にはね。分相応《ぶんそうおう》ってものがあるんだよ」

今まで見たことのない葉月の顔に、慎平はビックリする。

そういえば聞いたことがあった。葉月は見たまんまの天使じゃない、と。

慎平は今まで信じたことはなかったが。

「いいじゃない。君は僕にプレゼントをあげるために来たんだろう？ そして、僕は欲しいものをもらった」

プレゼントはもちろん花束で、慎平自身ではなかったはずだ。

そんなあ。

眩暈《めまい》がした。ベッドで横になっているのに。

「プレゼント、ありがとう」

葉月は慎平の額にキスをした。

「これからずっと大事にするよ」

それでも、慎平は葉月が嫌いになれなかった。たとえ立場は違ったとしても、行為は同じだったし、葉月が決して遊びではなかったことは、何となく判るからだ。

だから、慎平はヤケクソになって言うしかなかった。

「捨てたら、バチが当たりますからねっ」

「捨てないよ、絶対にね」

葉月は嬉しそうに、今度は天使のように微笑んで、慎平にキスをした。

END

胸さわぎのエクスプレス

今日は待ちに待った日曜日だった。

誰が待っていなくても、少なくとも、羽岡《はねおか》明良《あきら》は待っていた。

どうしてそんなに待っていたかというと、今日は明良の恋人・藤島優《ふじしますぐる》と、鷹野裕司《たかのゆうじ》とその恋人の山篠由也《やましのゆうや》の四人でプラネットパークに遊びに行く予定だったからだ。

プラネットパークというのは、絶叫マシン系の多い遊園地を兼ねたテーマパークである。

明良は絶対晴れてほしくて、よほど、てるてる坊主を作ろうかと思ったくらいだ。もちろん、実際にはそんな子供みたいなことはしてない。ただ、思っただけだ。

それにしても、このメンバーで遊園地に行くとなると、まるでダブルデートだ。なんだか少し照れる。

今からちょっと前に、明良と藤島、そして鷹野と由也はそれぞれ喧嘩《けんか》別れしていたのだ。単なる喧嘩ではなくて、本当は気持ちの行き違いみたいなものだったが、お互い引っ込みがつかなくなってしまって、素直になれないまま、つらい時を過ごした。

しかし、ようやく仲直りできて、今回はその仲直り祝いみたいなものなのだ。

「明良、すごく張り切ってるね」

藤島が優しい瞳で明良を見て、そう言った。

「だって、いろいろ乗りたいのがあるんだ」

こればかりは、子供みたいだと言われても、譲れない。とりあえず、絶叫マシン系のものは、全部制覇《せいは》するつもりだ。それから観覧車はラストの締めだ。

弁当も持ってきた。ソフトクリームも食べなくては。そうしないと、遊園地らしくないと明良は思うからだ。

「僕もね、乗りたいものがあるんだよ」

藤島は悪戯《いたずら》っぽい目で微笑んで言った。

もしかして……何か企《たくら》んでるんだろうか。

藤島はいつもこうだ。特に、そういう目をしていたときは要注意なのだ。

しかし、明良は元々、単純で忘れっぽい性格をしているので、あれこれと乗り物に乗って遊んでいるうちに、そんなことをすっかり忘れてしまっていた。とはいえ、特別、何かあったわけでもないし、藤島は喧嘩別れしていたときの分を取り戻すように、とにかく優しかった。

あんなにつらかったことが、二人の間にあったなんて、今では信じられないくらいに、明良は幸せだった。


一方、鷹野と由也のカップルも、お互いを信じられずにいたときがあったなんて、嘘みたいに、今は二人の世界に浸《ひた》りきっていた。本当は二人だけではなく、周りにたくさん人はいるし、明良と藤島のカップルとも一緒に行動しているのだが、気分的には二人の世界なのだ。

由也は鷹野だけしか見えてないし、鷹野もそのようだった。瞳が由也しか映していない。ジェットコースターに乗ったとき、鷹野は由也の手を握った。

「何？　もしかして鷹野先輩、ジェットコースターが怖いとか？」

まさかと思いながら、由也は尋ねた。

鷹野はそれを聞いて、苦笑した。

「由也が緊張した顔をしているから、怖いのかと思った」

「オレ、怖くないよ。でも……」

由也は鷹野の手を握り返した。

「先輩と手を握るのは、嬉しい」

こんなふうに、素直に自分の気持ちを言うことが大切なんだと、由也はようやく判ったばかりだ。

二人で顔を見合わせて、にっこり微笑む。

やがてジェットコースターが動き出す。上がったり下がったり、いろいろ忙しいけれども、由也と鷹野の手が最後まで外れることはなかった。


お昼になって、弁当を四人で食べた。明良は由也と一緒にデザートとしてソフトクリームも食べた。藤島も鷹野も甘いのは苦手などと言いながら、横から舐めたがる。

「欲しいなら、自分の分も買えばいいのに」

明良は大半を藤島に横取りされて、口を尖《とが》らせて抗議した。

「明良の食べてるのが欲しいんだよ。ただのソフトなんていらないね」

藤島は澄まして、そう答える。

「だったら、最初からそう言ってよ」

明良は抗議した分、バカを見た気分になってしまった。

それにしても、半分も食べられるとは。鷹野はほんの数回、藤島への付き合いという感じで舐めていたから、由也がちょっと羨《うらや》ましい。

たかがソフトクリームくらいで文句《もんく》を言う自分が食い意地が張ってるみたいで嫌だが、人が楽しみにしていたのに、横から取り上げるなんて。

さんざん遊んで、疲れた頃、そろそろ最後の仕上げというところで、藤島が急に「あれに乗りたい」と言い出した。

藤島が指した方向には、ラブ・エクスプレス……という乗り物があった。

そんなに刺激の強くなさそうな乗り物で、どうして藤島がそれに乗りたいのか明良は判らなかったが、最初に言っていた「乗りたいもの」がこれだというなら、締めの観覧車の前に四人で乗ってみることにした。

二人で並んで座席に座ると、シートベルトをつける。

高く上がる乗り物とは違って、二人乗りのボックスがただグルグル前に後ろに回って、上からホロが下りてくるという乗り物なのに、シートベルトまでつけるのが妙におかしい。

それとも、実は見かけよりも刺激の強いものだとか。

明良の横に座る藤島は妙に嬉しげだ。

明良達の前のボックスに、鷹野と由也が乗り込んでいた。二人の仲良さげな仕草《しぐさ》を見ていると、明良は何となく羨ましく思う。もちろん、自分達も充分仲良さげだとは思うが、由也達の仲のよさとはまた違うのだ。

ボックスがグルグルと回り始めると、遠心力で、内側に座っている藤島のほうに明良の身体が引き寄せられていく。特に腰の辺りが。

あ、もしかして、これがラブ・エクスプレスな理由？

藤島は片手で明良の腰を抱いた。というより、痴漢《ちかん》みたいに触ってくる。

「ちょっと……優ちゃん！」

何もこんなところで、触らなくてもいいじゃないか。というより、触られたら困る。

藤島は手では痴漢行為をしているくせに、涼しい顔をしている。

「やだっ…」

明良は一応、抵抗してみたのだが、全然やめてくれる気配はなさそうだった。

優ちゃんの意地悪。

本当に今更だが、明良はそう思った。

やがて、後方に向かってグルグル回り始め、それが終わったら、また前方に向かい、いきなり上からホロがバサッと下りてきた。

外からはもう自分達が何をしているかなんて、判らない状況だ。

もしかして、これってマズイ？

そう思っていると、藤島は明良の肩を抱き寄せ、キスをしてきた。

ああ、もうっ。優ちゃんってば。

やがて、乗り物が止まったときには、明良は上手く一人では立てないくらいだった。

「どうした？」

鷹野が心配して、声をかけてきた。

「明良はちょっと酔ったみたいなんだ」

藤島はそう説明しながら、自分の薄い白いジャケットを脱いで、明良に着せかけた。

まさか、感じてしまって立てないとは、やはり親しくても言えるものじゃない。

「へえ、あんなにいろんなものに乗って平気なのに、こんなので酔うんだ？」

由也は首をかしげた。

本当に由也の言うとおりだ。おかしいじゃないか。

理屈に合わない言い訳をした藤島を横目で睨みつけたが、本人は嬉しそうにニコニコと笑っているから、怒っている自分がバカみたいに思える。

「じゃ、ラストは明良の好きな観覧車だね」

そう言いながら、すごく嬉しそうにしている藤島を見て、明良は不安を覚えた。


観覧車に乗ると、早速、藤島はキス攻撃をしてきた。

予感的中なのだが、明良も身体が先に燃え上がってしまってるから、もうどうでもいいという感じで、藤島の言いなりになっていた。

しかし、藤島は不埒《ふらち》にも、こんな場所で明良のズボンを脱がせた。もちろん下着も一緒にだ。

そんな、いきなり……。

おまけに、膝の上に抱え上げられて、指で後ろのほうをいじられる。

息も絶え絶えになったところで、明良はそのままの体勢で藤島に貫かれていた。

どうして、観覧車で、こんなことしてるんだろう。たぶん、藤島の計画的犯行だろうが、何もこんなところでしなくてもいいと思う。

そういえば……。

遊園地の計画を一番熱心に練《ね》っていたのは、他ならぬ藤島だったのだ。

「優ちゃんっ……もうっ」

このまま出てしまう。と思ったときに、藤島は明良のそこにハンカチをあてがった。

明良はそのまま達してしまい、藤島もいつもよりずっと早く明良の中で弾《はじ》けた。

せっかく観覧車に乗ったのに、周りの景色を見る暇もなく、そろそろ下に着く。

いや、間に合って本当によかったと思うが。

でも……何かが違う。遊園地の締めが、こんなものでいいはずがないだろう。少なくとも、明良が想像していたものとは絶対違う。

「観覧車って、いいなあ。また乗りにこようね」

藤島はにっこりと微笑んで言った。

悔しくて睨みつけたが、全然涼しい顔をしている。

「やっぱり明良は可愛いな」

明良の機嫌を取るように、藤島はチュッと頬にキスをした。

そんなことをされると、明良も怒るに怒れなくて、結局は許してしまうことになる。

「じゃあ、今度はちゃんと乗るだけだよっ」

明良はそう言いながらも、何だか次も同じ結果になるような気がした。

帰りは、カップル同士でバラバラに帰ることになる。何故かというと、鷹野がバイクで来ているからだ。当然、由也はその後ろに乗せてもらって、帰るのだ。

明良と藤島は何やら痴話喧嘩みたいなものをしたらしく、仲良さげではあるが、ブツブツと明良が文句を言っている。

「藤島、明良をあんまり揶揄《からか》うな」

鷹野は見るに見かねてなのか、注意した。

「あんまり可愛いから、ついね」

藤島は懲《こ》りない性格をしているようだ。そういう態度が明良を怒らせているのだろうに。

まあ、結局は犬も食わないというやつのようなので、由也は少し安心した。また、二人が別れることにでもなったら、困るからだ。

由也はバイクに乗り、鷹野の腰に掴まる。

「じゃあ、明日、学校で」

手を振ると、藤島と明良が手を振り返す。こうして二人並んでいるところを見れば、お似合いのカップルなのに。

思うが、二人の喧嘩の大半の原因は、藤島にあるんじゃないだろうか。明良とすっかり友達になっている由也は、明良を揶揄ってばかりいる藤島には自然と点が辛《から》くなっているのかもしれないが。

「海に行かないか？」

鷹野は由也に大声で言った。海というのは、たぶん、卒業式の日に、鷹野に連れていかれた場所だ。

「行きたい！」

そう言うと、鷹野はバイクを海岸道路へと向けた。

前に海に来たときには、まだ少し寒い時期で、あまり人がいなかった。だが、夏も近い今では、釣り人達が堤防にたくさんいた。

「今度、釣りに来ようよ」

「それもいいいな」

鷹野はさり気なく、由也の肩を抱く。男同士の恋愛が日常的な学校内ではともかく、一般の場所ではあまりそういう仕草をしない鷹野だが、ごくたまに、開放的な雰囲気の場所ではしてしまうことがある。

「藤島達は本当に仲がいいな。喧嘩するほど仲がいいとはああいうことを言うんだろう」

「人前もはばからず、ベッタリだったしね」

「俺達も仲良くしようか？」

鷹野は由也の顔を覗き込むようにして言った。

こんな海を見ながら肩を抱かれただけでも、何となく人目を意識してしまうのに、明良達のように、とてもベタベタとはできない。

「手を……握るくらいだったら……」

そう答えると、鷹野は笑いながら、肩を抱いていた手を離した。

「じゃあ、しばらく散歩して、うちに来るか？」

もちろん、異存はない。鷹野の家、というか、鷹野の部屋なら、心置きなくベタベタくっついていられる。

鷹野は柔らかく由也の手を握って、そして、ゆっくりと離した。

由也は、鷹野のその心遣いが嬉しかった。決して、手をつないだり、肩を抱かれたりしたくないわけじゃない。それどころか、その反対で、本当はできるだけくっついていたいと思っている。

鷹野は由也の気持ちを理解してくれていた。

「先輩、好き」

自然に口をついて出てきた言葉は、それだった。

鷹野は目を丸くして、やがて微笑んだ。

優しい瞳が由也を包む。

潮の香りを含んだ風が、二人の髪を撫でていった。

END

■あとがき■

こんにちは。水島忍《みずしましのぶ》です。

今回の『胸さわぎのフォトグラフ』、いかがでしたでしょうか。無事、カズちゃん達、三年生組は天堂《てんどう》高校を卒業致しました。

シリーズ最初の『胸さわぎがとまらない』が出たのが五年前。最初はカズちゃん達が二年生で、予餞会《よせんかい》なんかやってたから、五年かけて、やっと一年間の話が終わったということですね。ふ〜。なんか感慨《かんがい》深いです。

今読み返すと、最初の話はかなり未熟で（かといって、今が成熟してるわけでもないですが）、ツッコミどころが満載だったりします。でも、いきなり五人のメインキャラを出して、ああいうかなり無茶なストーリーを進められたのは、未熟者ゆえ……というか、自分の内で強いパワーがなければ、できなかったことなので、あの当時しか書けなかった作品なのかもしれません。

その後、シリーズとして続けられて、いろんなカップルができました。まず初めに明良《あきら》と優《すぐる》ちゃん、次に由也《ゆうや》と鷹野《たかの》先輩、楢崎《ならさき》と朋巳《ともみ》、カズちゃんと冬貴《ふゆき》、そして、今回、番外編っぽい扱いになってしまいましたが、葉月《はづき》と慎平《しんぺい》くんです。

これで最初に出てきた五人のメインキャラすべてに恋人ができたってことですよね（楢崎なんて単なる脇キャラだったのに）。当たり前だけど、みんな、男同士で（笑）。

ちなみに、葉月の話は、最初、エッチシーン抜きでホームページのお誕生日企画として書きました。後で、同人誌に載せるときにエッチシーンを書き足して……それから、今回、再録となりましたが、もしかして葉月を受だと思ってた人って、いるのかなあ。ドキドキ。私はカズちゃんは受だときっぱり最初から思ってましたが、葉月はずっと攻だと信じてました。それも、顔に似合わず強引攻だと(明良を縛《しば》って、エッチな写真を撮《と》ったくらいだからねえ)。

でも、ちゃんと恋人ができて、攻として成長した葉月は、実はすごく男らしいんじゃないか、と思うんですが〜。他人の恋のトラブルをたくさん見てきたからか、慎平くんに対するフォローは完《かん》璧《ぺき》だし。そういうところを鷹野も見習ってほしいよねえ(余計《よけい》なお世話)。

まあ、さすが『冬貴の弟』なのかもしれません。そういえば、今回、西尾《にしお》家の人々の話がちょっと出てきてましたが、一番上のお兄さんやら、二番目のカメラマンのお兄さんやら、気になります。きっとめちゃめちゃ美形兄弟なんだろうなあ、と。

で、カズちゃんですが、すっかり乙女《おとめ》になってしまって(笑)。いや、精神的乙女に。冬貴という完璧な恋人を持っているから、余計にそういう思考になってしまうのかもしれませんが、私も書きながら「カズはそんなに冬貴のことが好きなんだねえ」と呆《あき》れるのを通り越して、つくづく感心してしまうのでした。

そんなカズちゃんですが、冬貴に愛されるようになって、やっぱり成長しましたよね。もちろん、他のキャラに関しても、そう思います。明良も由也も葉月も優ちゃんも……みんな、最初の頃より大人になったなあって。

　鷹野はどうなのかっていうと、まあ、あの人はあの人なりに成長したと思います。いくらなんでも、もう同じ間違いは繰り返さないと思いますし。だから、由也ファンの皆様、鷹野を嫌わないでー。楢崎に至っては、別人ですね。ずっと朋巳一筋《ひとすじ》で頑張《がんば》ってほしいです。

　あ、それと、おまけのように載っている『胸さわぎのエクスプレス』。これは同人イベントの無料配布本として書きました。てるてる坊主のあたりでピンときたかたもいると思いますがラビリンスの後の話となっていますので御注意ください。

　さて、五年続いた胸さわぎシリーズなのですが、去年から今年にかけて、サイバーフェイズさんからドラマCDを出していただきました。おかげさまで、最近になってこのシリーズを知ったというかたも多くて、嬉しい限りです。

　豪華《ごうか》声優さん達によるCD、皆さん、もう聴いていただけましたか？　私はすでに何十回も聴きまして、ただいま照れながらも幸せの境地《きょうち》にいます。声優さんって、改めてすごいんだなあと思いました。目で読むのとはまた違う世界が広がっていますので、まだ聴いてないかたは、ぜひ聴いてみてくださいね。

　この本が出るのと同じ頃に、ナビシートのCDが発売になるんですが、今回のフォトグラフと同じく冬貴カズな話ですから、両方ゲットすると、たちまち幸せになれるハズ。どこまでも甘い声の冬貴と、清潔《せいけつ》な色気のあるカズちゃんを楽しんでください。

さて、イラストの明神翼《みょうじんつばさ》様。お忙しいところをどうもありがとうございました。表紙ラフを見ただけで、クラクラ～な感じです。もうめちゃ幸せそうな二人ですよねー。ふふっ。本文イラストがどこに入るのか、私は知らないんですが、慎平くんとか描いてもらえるのかしら。ドキドキ。本の出来上がりをとっても楽しみにしてまーす。

そして、担当のE田様。いろいろお世話になりました。これからも、まだまだ面倒《めんどう》をかけてしまうと思いますが、よろしくお願いしますね～。ていうか、あまり面倒かけない作家になりたいのですが。うーん。進歩がなくてスミマセン。

それでは、この本やシリーズに関しての感想、ご意見などありましたら、編集部気付水島宛でお手紙、もしくはメールでお願いします。

メールアドレスはshinobu-m@mua.biglobe.ne.jpです。

あまりお返事は書けませんが、感想をいただくと、とても励《はげ》みになりますので、よろしくお願いします。あ、同人誌のほうは、現在通販しておりませんので（ごめんなさいっ）、お問い合わせはご遠慮《えんりょ》くださいませ。

では、次のオヴィスまで、皆様、ごきげんよう。

二〇〇三年一月某日　　水島　忍

胸さわぎのフォトグラフ　　オヴィスノベルズ

■初出一覧■
胸さわぎのフォトグラフ／書き下ろし
胸さわぎの八月／書き下ろし
胸さわぎのエクスプレス／書き下ろし

水島 忍先生、明神 翼先生にお便りを
〒101－0061東京都千代田区三崎町3－6－5原島本店ビル2F
コミックハウス　第5編集部気付
水島 忍先生　　明神 翼先生
編集部へのご意見・ご希望もお待ちしております。

著　者――――――――――水島 忍
発行人――――――――――野田正修
発行所――――――――株式会社茜新社
〒101-0061　東京都千代田区三崎町3－6－5
原島本店ビル1F
編集　03(3230)1641　販売　03(3222)1977
FAX　03(3222)1985　振替　00170-1-39368
http://www.ehmt.net/ovis/
DTP――――――――株式会社公栄社
印刷・製本――――――図書印刷株式会社

Printed in Japan

落丁・乱丁の場合はお取りかえいたします。
定価はカバーに表示してあります。

だけどキライ!

猫島瞳子　イラスト・西村しゅうこ

ホモと関東人が大キライな佐伯貴弘は、ホモで関東人の浜野和志にハメられて、同居させられていた。ことあるごとにカラダを弄られて和志にいいように調教されているような気がするのも、貴弘には大メーワクだ！　そんなとき、和志がアメリカへ出張することになり!?

憂鬱なマイダーリン♡

日向唯稀　イラスト・香住真由

菜月とケダモノなダーリン英二は、いまや〝一生ものの恋人〟だ。冬休みになり、ホワイトクリスマスを過ごすつもりでロンドンに行った2人は、菜月の祖父母に会いに行く。だがそこでとんでもないことを言いだされて!?　マイダーリン♡シリーズまたまた波乱の予感!!

ナイショの家庭内恋愛

せんとうしずく　イラスト・滝りんが

都望は、大学教授の父親に家庭教師をつけると言われ大反発。やってきた家庭教師は父親の大学の学生で愛人と噂される新見さんだった。二人の仲を認めさせようという魂胆だと思いこんだ都望の反発は増すばかり。しかも今度は新見さんと一緒に住むことになって——!?

お兄様のよこしまなキス

飛田もえ　イラスト・木村メタヲ

茜は一歳年上の兄・葵とふたりきりで暮らしてきた。葵は頭も顔もよくて生徒会長までやっている完璧人間だが、家では茜がいなきゃなんにもできない。しかもどんなにいやだと言って抵抗しても、エッチなことをしてくる葵を、なんとかしてやめさせようと思うのだが!?

夏休みの恋はフェイク♥

姫野百合

イラスト・みその徳有子

街で望は同い年くらいの少年・祐一郎に人違いをされ、声をかけられた。しかし、弾丸のようにしゃべる祐一郎にものおじしてしまい、誤解をとくこともできない。挙げ句、お酒を飲まされエッチなことまで！　でも、人なつっこい笑顔の祐一郎をにくみきれなくて…。

葉桜酒はフェロモンのかおり

猫島瞳子

イラスト・緒田涼歌

宴会部長を自認する岡田正輝は酒ならなんでも大好き。ある日、日本酒とビールにつられて、大学時代からの後輩岩倉の家へ遊びに行った正輝は、酔ったところを岩倉にキスされてしまった。岩倉とのキスの心地よさに正輝はついうっかりイカされてしまい⁉

スキャンダラスなきみに夢中

由比まき

イラスト・御国紗帆

売れっ子アイドルグループ『キリー』のメンバー皇士には、あこがれの人がいた。バンド少年に神様と呼ばれるギタリスト、卓。ふたりの出会いは周囲にさまざまな波紋をよんで…。皇士と卓の物語「ステージ・スキャンダル」のほか2編を収録。

そりゃもう、愛でしょう3

相良友絵

イラスト・如月弘鷹

衝撃的に男前なのにサドな先輩刑事・日沖と、完璧なエリート鑑識官だけど血フェチな本橋を筆頭に、上司から後輩まで、果ては犯人からも変態さんに大人気の黒川睦月刑事。今回ぶちあたった事件は変質者色濃厚。またもや睦月に押し寄せる変態の恐怖⁉

そりゃもう、愛でしょう4

相良友絵

イラスト・如月弘鷹

犯人の要求で、黒川睦月刑事は後輩の白バイ警官・秋葉京に押し倒されている最中。危機に陥った睦月を司法機関最悪の変態コンビ、日沖と本橋が助けに現れる！　それでも事件は終わらない。睦月はある人物の変態オーラを察知するが!?　史上最笑コメディ大円団…か？

無敵なマイダーリン♡

日向唯稀

イラスト・香住真由

いまや菜月と英二は家族にも祝福される『一生ものの恋人』。しかし、モデルでもある英二のドラマ進出が、幸せ街道驀進中のふたりに最悪な事態を巻きおこす…！　マイダーリンシリーズ最大の危機!!

youthful days ～ユースフルディズ～

谷崎　泉

イラスト・神葉理世

高校を卒業して実家の花屋を手伝っているヒカルには誰にも言えないヒミツがある。それは、ナギサとセックスしていること。ナギサは、ヒカルが13歳のときふらりと現れた大人の男で、15歳のときから体を重ねている。だが「恋人」とは呼べない関係にヒカルは――。

ワガママ王子に危険なキス

川桃わん

イラスト・藤井咲耶

中堅企業の御曹司・倉橋智也は、得意先の若社長でアラブの王子様でもあるマハティールからハタ迷惑な愛情を注がれ、ついに彼のハーレムに入れられてしまった。そんな中、智也の上司とライバル社の営業がアラブ入りし、日本の得意先が奪われそうなことを知って…!?

恋はミラクルタイフーン

藤村裕香

イラスト・御国紗帆

高校受験生の彬は、困っているところを助けられて以来、恒太のことを好きになってしまった。だが親友だと言ってはばからない恒太に、彬は告白もできない。そんなとき、恒太の従兄弟の迅抄が彬の前に現れた。恒太への想いが苦しい彬は迅抄に思い切って相談するが…。

暴君なムチと甘い蜜♥

らんどう涼

イラスト・Dr.天

父親の借金を肩代わりしてくれた裕幸の家に、住みこみ奉公することになった竜馬。裕幸と同じ高校に入学させてもらえて、将来裕幸の側近として働くことで返金すればいいという申し出に、背に腹はかえられずＯＫしたのだ。だが、オイシイ話にはやっぱり裏があって⁉

てのひらからエクスタシー

水島　忍

イラスト・すがはら竜

高校生の伊吹匡と祥史は再婚の連れ子同士だ。兄の祥史は亭主関白な奴で、匡は内心反発するが結局は家主様には逆らえない。ある時、祥史が女とデートすると知った匡は面白くなく思っている自分に気がついてしまい…⁉

誘惑 ―セカンドステージ―

日向唯稀

イラスト・香住真由

友達にそそのかされ、遥は自分の演技力を証明するため女装して男をナンパするが、ターゲット・同じ大学の季慈に最後までされてしまった！　季慈とは金輪際かかわりたくない遥とヤリ捨てが基本の季慈。一晩限りの関係のはずが、ふたりが乗った車が事故を起こし⁉

ピーチにかぶりつきっ♥

末吉ユミ

イラスト・松本テマリ

元気いっぱいな男子高校生の陸は今日もラブリー♥にバイト中。そんな陸の天敵はバイト先の客で、見かけはオトコマエだがガラが悪い謎の男・浅見。陸は、ところかまわず自分のオシリを揉んでくる浅見を、カンタンにあしらうことができなくて——!?

好きといわないで

火崎　勇

イラスト・杜山まこ

椎堂は総務から、突然エリートコースの企画部へ異動となった。人づきあいが苦手な椎堂は外向的な企画部に慣れずにいたが、同僚の三浦から強引にキスを迫られたところを強面の課長・旭川に救われた。だが、酔い潰れた椎堂は無理矢理旭川と身体を重ねることになり…。

悪魔の微笑、天使の涙

七篠真名

イラスト・天野かおる

貧乏大学生の岡野琢磨は、昼は春彦の事務所で、夜は冬彦の補佐をしてさまざまな事件を解決してきたが、ふたりが同一人物と知って衝撃を受ける。どちらにも惹かれる琢磨は、結局ふたりともを愛するということを選んだ。そんななか、ＳＭレイプ事件が発生して!?

微熱のエゴイスト

飛田もえ

イラスト・葛井美鳥

会社が経営難と知った一眞に、ライバル会社から合併の話がきた。さっそく社長に会いにいった料亭で過去、手ひどく裏切ってしまった元恋人・遊馬と再会する。一眞は遊馬から、「おまえを俺が買い取るという但し書きがついてもサインできるか？」と問われ——。